Nadine Schwager
Der Tod und Bob
Der Tod und seine geliebte Seele, Band 1

Nadine Schwager
Der Tod und Bob

Gay Romantasy

Impressum

Bibliografische Information der Deutschen Nationalbibliothek: Die Deutsche Nationalbibliothek verzeichnet diese Publikation in der Deutschen Nationalbibliografie; detaillierte bibliografische Daten sind im Internet über http://dnb.dnb.de abrufbar.

Die automatisierte Analyse des Werkes, um daraus Informationen insbesondere über Muster, Trends und Korrelationen gemäß §44b UrhG („Text und Data Mining") zu gewinnen, ist untersagt.

© 2024 Nadine Schwager
Lektorat/Korrektorat: Lektorat Zeilenmelodie – Amelie
        Hartmann – www.lektorat-zeilenmelodie.eu
Covergestaltung: Eve Flavian
Covermotiv: PlaygroundAI

Verlag: BoD · Books on Demand GmbH, In de Tarpen 42, 22848 Norderstedt
Druck: Libri Plureos GmbH, Friedensallee 273, 22763 Hamburg
ISBN: 978-3-7597-6952-7

Trigger- und Contentwarnung

Der Tod holt die Seelen aller Verstorbenen ab, das schließt auch Selbstmörder und ungeborene Kinder ein. Falls du Bedenken hast, dass du das nicht aushalten kannst, lies die Seiten 91-94 bitte mit Bedacht oder überspringe sie. Einen wichtigen Strang der Handlung verpasst du dadurch nicht.

DANKE!

Tausend Dank an meine hochgeschätzten Testleser Rena, Rea, Gökhan, C.Noxx, @_claudienchen_29 und Olli.

Ein ganz besonders herzliches Dankeschön möchte ich dir aussprechen, Eve, für das wunderbare Cover, deine unbezahlbare Hilfe in allen Lebenslagen und dein stets offenes Ohr. Ohne dich... na, du weißt ja. <3

Nur wenige wissen, dass der Tod einst eine Frau hatte.

Jahrhunderte war es nun her, doch er dachte immer noch an sie. Jeden Tag. Besonders, wenn er zu Fuß ging. Wie jetzt.

Er ging nicht oft zu Fuß, meist, weil dafür keine Zeit blieb. Obwohl es wunderbar war, in einem Wald im Zwielicht unterwegs zu sein. Alle Farben waren für den heutigen Tag schon zwischen den Bäumen verschwunden und ihre Stämme streckten die Äste mahnend von sich, als wollten sie ihn aufhalten, seinen Weg fortzusetzen. Aber er ging unbeirrt weiter.

Wenige Schritte entfernt sah er die Rücklichter des Autos leuchten, das vor Kurzem erst diesen Unfall gehabt hatte. Den Unfall, an dessen Ende er stand.

Unausweichlich.

Langsam trat er an den Wagen heran, dessen Frontscheinwerfer durch den Aufprall am Baum zerbrochen und erloschen waren. Vorsichtig blickte er durch die zersplitterte Beifahrerscheibe.

Hinter dem Lenkrad saß eine Frau. Rotbraunes Haar bis zu den Schultern, einen dünnen Mantel darüber, sehr viel mehr konnte er nicht erkennen. Sie atmete schwer, was nach diesem Unfall nicht verwunderlich war. Sie war mit viel zu hoher Geschwindigkeit aus der Kurve auf der Landstraße geflogen und hatte eine Schneise durch den Wald gebrochen. Bis dieser Baum hier sie gestopp hatte. Sie musste sich unglaublich erschrocken haben.

Doch der Baum hatte es nicht gut mit ihr gemeint und einen seiner tiefhängenden Äste durch die Windschutzscheibe gebohrt. Direkt in den Bauch der Frau. Blut lief aus der Wunde und durchnässte ihren Pullover und ihre Hose. Noch immer hatte sie fürchterliche Angst.

„Miss?", fragte Tod nun sacht und legte seine Hand an die Beifahrertür.

Sie blickte ruckartig auf, ohne ihre Hände von dem Ast zu nehmen, den sie umklammert hielt, als wäre er ihr Rettungsring.

„Gott sei Dank, Sie haben mich gefunden", krächzte sie mit wenig Luft in den Lungen.

Tod lächelte beruhigend.

„Ich habe bereits einen Notruf abgesetzt. Bald wird jemand kommen, um Sie dort herauszuholen", sagte er.

Das war gelogen. Er hatte niemanden angerufen, weil niemand kommen würde, um diese Frau zu retten. Man würde sie erst Tage später finden, weil das Auto nirgends von außen sichtbare Spuren hinterlassen hatte.

Aber er wollte ihr die Angst nehmen. Sie sollte Hoffnung haben.

„Ich danke Ihnen! Ich danke Ihnen tausendmal!", schluchzte sie.

„Haben Sie Schmerzen?", wollte Tod wissen und tat so, als wäre er der Waldarbeiter, nach dem er aussah. Vorsichtig öffnete er die Beifahrertür und stieg zu ihr hinein.

„Nein, gar nicht. Aber ich friere", gab sie zitternd zurück.

Kurzerhand schlüpfte Tod aus der Fleecejacke, die er trug, um sie über die Frau zu breiten, soweit es der Ast zuließ.

„Ich weiß nicht, wie das passieren konnte! Ich wollte doch nur nach Hause und zu meinen Mädchen ... Die Große hatte heute ihre erste Tanzstunde, wissen Sie ...", begann sie mühsam zu erzählen.

Tod kannte das bereits. Sterbende Menschen hatten den Wunsch, alles über sich preiszugeben, bevor es zu Ende ging. Dazu reichte die Zeit nur meistens nicht mehr.

„Sicher hat es ihr sehr gefallen", antwortete er und löste ganz sacht ihre Hand von dem Ast, um sie in seiner zu halten. Sie zitterte und sie war kalt, doch die Frau blickte ihn erstaunt an.

„Wir warten gemeinsam, bis Sie hier herauskommen, Kate", schlug er vor und sie nickte. Dann verstärkte sich ihr Druck auf seine Hand mit einem Mal. Nun war er ihr Anker.

„Erzählen Sie mir mehr von Ihren Mädchen", bat er, so dass sogar ein dünnes Lächeln über ihre Züge huschte, während das Leben flüssig und rot aus ihr pulsierte.

„Die Große ist fünf, die Kleine zwei. Sie sind beide so blond wie ihr Vater. Und sie sind kleine Engel."

„Das müssen sie sein bei so einer tapferen Mutter", warf Tod sanft ein.

„Ich werde sie doch wiedersehen, oder?"

Mit großen Augen blickte Kate ihn an, die zu spüren schien, dass es zu Ende ging. Tod sah die Anzeige im Armaturenbrett: 07:36 Uhr am Abend.

Eine Minute noch.

„Natürlich sehen Sie Ihre kleinen Engel wieder", beruhigte er Kate deshalb. „Irgendwann sehen wir uns alle wieder. Zwangsläufig."

Kate schluckte schwer.

„Es wird niemand kommen, oder?", fragte sie dann mit brechender Stimme und Tod schüttelte bedauernd den Kopf.

„Nein, nur ich bin hier. Aber ich bleibe bei dir, damit du nicht allein sein musst."

Sie wusste, wer er war. Das wussten die meisten, wenn es zu Ende ging. Egal, in welcher Gestalt er auftauchte. Sie spürten es, denn niemals war ihre Verbindung zu ihm stärker als in diesem einen Moment.

Kate nickte und ihr Atem wurde schwerer. Angestrengt umklammerte sie seine Hand und Tod hielt sie ganz fest.

„Schließ die Augen, Kate, und denke an deine Mädchen. Ihnen wird es gut gehen, noch sehr, sehr lange. Das verspreche ich dir."

„Woher weißt du das?", fragte sie weinend.

Er lächelte traurig.

„Vertrau mir. Ich weiß es einfach."

„Wirst du mich hinüber geleiten?" Kates Stimme brach.

„Ja, ich bringe dich dorthin. Hab keine Angst. Du bist nicht allein."

Sie holte tief Luft und schloss die Augen. Wahrscheinlich dachte sie wirklich an ihre Mädchen. Die Minutenanzeige sprang um. Kate atmete aus. Dann erschlaffte der Druck ihrer Hand.

Tod machte mit seiner freien Hand vor ihrem Gesicht eine kleine Geste, die er schon Milliarden Mal gemacht hatte. Eine winzige, blau leuchtende Kugel schwebte aus ihrem Mund und Tod nahm sie behutsam entgegen.

„Ich behalte dich noch eine Weile bei mir, bis du dich aufgewärmt hast", sagte er sanft, ehe er die Seele in seiner eigenen Brust verschwinden ließ.

Sie fror noch immer furchtbar, aber er würde mit guten Gedanken versuchen, ihre Angst zu vertreiben, damit sie wieder rot und warm wurde. Das machte er oft, denn viele fürchteten sich vor dem Sterben. Dass sie sich nicht vor dem Tod fürchten mussten, zeigte er ihnen meist ausreichend. Er wollte ja niemandem etwas Böses, dies hier war nun mal seine Aufgabe.

Er stieg aus dem Auto und ging drei knirschende Schritte über das gefallene Laub durch den dunklen Wald, in dem nur die Rücklichter des Autos Licht spendeten. Es wurde Zeit. Viele andere Seelen warteten darauf, abgeholt zu werden.

Einen Augenblick später verschwand er lautlos.

Robert schob eine Zwölf-Stunden-Schicht am Tor des Lazaretts. Heute war es ruhig. Er hatte gegen Mittag eine Wagenladung neuer Krankenschwestern und Ärzte überprüft und hereingelassen, seitdem hatte er lediglich seine Zeit abgeleistet, ohne dass irgendetwas passiert war.

Müde ging er schließlich zu seinem Zelt, in dem er für diesen Einsatz hauste.

Er hatte verdammtes Glück gehabt, dass er nicht für den Fronteinsatz abkommandiert worden war. Die

Stationierung in einem Lazarett war wesentlich ungefährlicher, allerdings auch langweiliger. Aber seine Familie war froh darum und er auch, seitdem er hautnah miterlebte, wie die Verletzten hier eingeliefert wurden. Mit Schussverletzungen, abgerissenen Gliedmaßen von Minen oder Bomben, zerfetzt von Granatsplittern ...

Er war sogar sehr froh, dass er dieses Lazarett bewachen durfte. Die Wachmannschaft war erstaunlich klein, sie waren gerade einmal dreißig Soldaten. Doch niemand rechnete ernsthaft damit, dass sie angegriffen werden würden. Sie waren weit weg von der umkämpften Frontlinie und behandelten sowohl Freund als auch Feind in der langgezogenen Halle, die die Heeresführung akquiriert hatte. Diese und ein Nebengebäude hatten leer gestanden, bevor sie gekommen waren. Außerdem war der Platz recht gut durch die umliegenden Berge und Hügel geschützt. Vereinzelt gab es sogar Grünzeug.

Eine einzige Straße führte zum Lazarett und die war weder asphaltiert noch ausgeschildert. Würde nicht ab und an ein Rettungshubschrauber auf dem Gelände landen, wären sie wahrscheinlich völlig unauffindbar gewesen.

In dem einzigen befestigten Nebengebäude hatten sie ihre Kantine aufgebaut. Soldaten, Schwestern, Ärzte und wer sonst noch hier beschäftigt war, wohnten ringsum in Zelten.

Robert wollte gerade in seines abbiegen, da rief sein Kumpel Alex: „Hey Bobby! Bob! Hast du schon gesehen? Wir haben eine männliche Krankenschwester bekommen!"

„Was?" Robert runzelte die Stirn, bevor er in sein Zelt trat. Alex folgte ihm auf dem Fuße.

Vor Erleichterung und Müdigkeit stöhnend legte Bob sein Maschinengewehr ab und rollte die verspannten Schultern.

„Komm mit rüber! Bevor wir zum Essen gehen, musst du dir den mal anschauen!", feixte sein Kumpel.

Robert seufzte tief. Wenn Alex so grinste, war er sowieso chancenlos. Dann hatte sein Kumpel sich nämlich irgendetwas in den Kopf gesetzt, von dem er eh nicht abrückte. Deshalb konnte er auch gleich zustimmen.

Er kannte Alex einfach viel zu lange und viel zu gut. Sie waren in derselben Siedlung aufgewachsen, waren Nachbarn gewesen, seitdem sie denken konnten. Und als sie sich dann nach dem Schulabschluss für die Streitkräfte gemeldet hatten, waren sie zusammen zur Grundausbildung gegangen. Bald wurde dieser Einsatz hier anberaumt ...

Tja, auch da steckte das Schicksal sie in dieselbe Kompanie und schließlich gemeinsam in dieses Lazarett. Ihre Wege waren schlichtweg untrennbar miteinander verbunden. Und Robert fand das gut, schließlich liebte er Alex wie einen Bruder. Einen anstrengenden, lauten Bruder, aber einen Bruder.

„Was ist an dem denn so toll?", hakte Robert erschöpft nach, während er sich aus seiner schusssicheren Weste schälte.

„Bobby, lass das Ding an!", intervenierte Alex allerdings sofort und legte ihm die Hand auf die Brust, von der er die Weste eben ziehen wollte.

„Das Ding ist schwer, ich kann kaum noch atmen. Nur ein paar Minuten", meinte er, aber sein Kumpel schüttelte energisch den Kopf.

„Nichts da! Wir sind hier im Kriegsgebiet. Du trägst das Ding, wie wir anderen auch, rund um die Uhr", befahl er unbeugsam, so dass Robert seufzte und nachgab. Er wusste, dass er recht hatte, aber dieses fürchterliche Ding war so schwer!

„Also los, lass uns den Homo ansehen!", freute Alex sich und zerrte Robert am Ärmel hinter sich her.

„Homo?", hakte Robert stirnrunzelnd nach, der seinem Freund aus dem Zelt folgte.

„Die harten Kerle beim Militär", dachte er augenrollend. Alles, was anders war oder nicht übertrieben männlich, wurde als homosexuell abgestempelt.

Alex schlug den Weg zur großen Halle ein, die in zwei Hälften aufgeteilt war: In der einen wurde operiert und in der anderen wurden die Patienten gepflegt, bis sie in ein richtiges Krankenhaus verlegt werden konnten.

„Der hält den ganzen Tag schon Händchen. Das ist echt irre! Als ob der denkt, dass wir das nicht sehen könnten!" Alex lachte schadenfroh, ehe er die Halle durch die große Eingangstür betrat.

An den Wänden standen überall Schränke, vollgestopft mit Medikamenten und medizinischem Zubehör. Dazwischen lagen bereits unzählige Verletzte in einfachen Metallbetten. Es roch unangenehm, nach Krankheit und Schmerzen, weshalb Robert äußerst ungern hierher kam. Aber manchmal ließ es sich eben nicht vermeiden.

„Da, schau", grinte Alex auch schon.

Außer ihnen standen noch zwei weitere Soldaten an der Tür, die sich in genau demselben hämischen Ton über den neuen Pfleger lustig machten. Knapp hinter ihnen musterten auch ein paar Krankenschwestern den Neuen.

Der saß mit dem Rücken zu ihnen an dem Bett eines Soldaten und sprach leise mit ihm. Mit der Rechten hielt er die Hand des Verletzten, mit der anderen strich er ihm sacht durch das Haar. Robert konnte hören, wie der Verwundete röchelnd Antwort gab.

Für ihn klang das gar nicht gut, aber der Pfleger ließ sich nicht aus der Ruhe bringen. Sein Ton war sanft, genauso wie es seine Gesten, denn der Verwundete sah nicht so aus, als würde er ablehnen, was der Pfleger da tat. Ganz im Gegenteil.

Der Pfleger sah von hinten selbst aus wie ein Soldat. Er hatte breite Schultern und muskulöse Arme, wenn er auch nicht allzu groß war. Er war auf keinen Fall größer als Robert mit seinen eins achtzig. Der Pfleger trug sein kurzes, schwarzes Haar in einem militärischen Haarschnitt wie sie alle.

Alex' Worten nach hätte er sich etwas ganz anderes vorgestellt, was ihn hier erwartete. Kurz überlegte er, was eigentlich genau, tat es dann aber mit einem Schulterzucken ab. Er war zu müde, um heute noch darüber nachzudenken.

„Und, was soll das beweisen?", fragte er deshalb nur trocken, so dass Alex die Stirn runzelte.

„Bist du blind, oder was? Der streichelt 'nem Kerl die Haare und hält seine Hand! Wenn der nicht vom anderen Ufer ist, weiß ich auch nicht!", erwiderte er ungläubig.

„Hier sind ... wie viele Verletzte drin? Vierzig? Fünfzig? Er nimmt sich eben Zeit. Ich glaube, dass das dem Mann guttut", antwortete Robert ernst.

„Ja, genau." Alex rollte mit den Augen. „Ich will nicht gestreichelt werden, wenn's bei mir mal so weit ist, verstanden?! Von niemandem!"

„Wie können die uns nur so einen schicken!", regte der andere Soldat vor ihnen sich auf und wandte sich verständnislos seufzend um. Er hielt kurz inne, als er Alex und Robert sah, dann meinte er: „Oder? So 'ne Tunte brauchen wir hier nicht."

„Dein Wort in Gottes Ohr, Davey." Alex nickte und auch der andere Soldat wandte sich um.

„Wenn ich verwundet werde, jagt mir gleich 'ne Kugel in den Kopf, ehe mir so was hier blüht."

Er nickte zu dem Pfleger, der mittlerweile nicht mehr redete, nur noch streichelte.

Robert aber schüttelte desinteressiert den Kopf.

„Können wir jetzt gehen? Ich hab Hunger."

„Bobby interessiert das gar nicht. Du hast wohl nichts gegen Typen, die dich streicheln wollen?", griente derselbe Soldat, doch Alex boxte dem gegen die Schulter und drohte: „Bobby ist nicht so einer! Also halt lieber die Fresse, ehe ich sie dir ..."

Robert hatte absolut keine Lust darauf, jetzt auch noch eine Schlägerei verhindern zu müssen. Er wollte doch nur essen und schlafen! Und diese Idioten hier machten aus einem zugewandten Pfleger gleich wieder ...

Ein langgezogener Piepton unterbrach seine Gedanken. Alle vier sahen sich um, während die beiden Schwestern sofort zu dem Bett des Pflegers eilten.

Er schloss gerade mit der linken Hand die Augen des verstorbenen Patienten.

„Wir müssen ihn reanimieren!", rief eine der Schwestern, während der Pfleger sich erhob.

„Ihr könnt es versuchen, aber er wollte gehen", sagte er und drehte sich um, als würde eine lebensrettende Maßnahme ihn nichts mehr angehen. Die Schwestern begannen mit der Herzdruckmassage und der Beatmung, aber der Pfleger, den Robert nun von vorne sah, ging zum nächsten Bett hinüber.

Sein Anblick traf Robert wie ein Faustschlag. Er hatte sofort das Gefühl, diesen Mann zu kennen, obwohl er sich sicher war, ihn noch niemals zuvor gesehen zu haben. Aber irgendetwas war in seinem Gesicht, das Robert bekannt vorkam. Erinnerte er ihn nur an jemanden? Aber selbst das fiel ihm nicht ein. Zumindest vermittelte ihm diese diffuse Ähnlichkeit das Gefühl, dass er ihm vertrauen konnte.

Robert blinzelte verwirrt. So etwas durfte er doch nicht einfach annehmen! Er kannte diesen Kerl überhaupt nicht!

Doch genau der schien seine Gedanken hören zu können, denn er blickte im selben Moment auf und sah Robert direkt in die Augen.

Auch in ihnen lag irgendetwas Vertrautes, das Robert nicht einordnen konnte. Aber er hatte das unbedingte Gefühl, dass dieser Mann ... ja, was? Dass er ein Freund war? Ein guter Mensch? Jemand, der ihm nichts Böses wollte?

Seine Gedanken und vor allem seine Gefühle verwirrten ihn. Etwas Ähnliches war ihm zuvor noch nie passiert!

Der Pfleger sah ihm seine Verwirrung offensichtlich an, denn er lächelte dünn, ehe er sich seinem nächsten Patienten zuwandte.

Die Schwestern hinter ihm reanimierten den verstorbenen Soldaten noch immer. Hastigen Schrittes lief nun auch ein Arzt hinzu. Er gab Befehle, verlangte Medikamente und verabreichte Spritzen, aber nichts half. Die

Nulllinie auf dem Monitor blieb. Schließlich gaben sie es auf.

„Du hättest uns ruhig helfen können!", giftete eine der Schwestern den Pfleger an, der völlig ruhig antwortete: „Er sagte mir, dass er gehen will. Ich halte nichts davon, jemandem diesen Wunsch abzuschlagen."

„Er hätte noch viele Jahre glücklich leben können, wenn ...", fuhr die Schwester auf, aber der Pfleger unterbrach sie gelassen: „Das hätte er nicht. Er wäre ein Pflegefall gewesen, der niemals wieder laufen oder auch nur selbstständig essen hätte können. Dieses Leben wollte er nicht führen."

„Schön, dass du das alles so genau weißt! Wir haben die Aufgabe ..."

„Es ist nicht meine Aufgabe, mich mit dir zu streiten", sagte der Pfleger schlicht. „Ich hole mir einen Kaffee."

Damit trat er nonchalant an der Schwester vorbei und ging in Richtung Ausgang.

„Darf ich bitte vorbei?", fragte er die Soldaten freundlich, die noch immer nah bei der Tür standen und sie versperrten.

„Einen wie dich sehen wir lieber von hinten", grinste Davey breit und trat zur Seite.

„Ja, für 'ne Schwuchtel haben wir hier keine Verwendung." Dessen Kumpel nickte und machte ebenso Platz.

Doch trotz des Hohns und der Verachtung, die aus ihren Worten sprachen, lächelte der Pfleger dünn. Er bedankte sich mit einem Nicken bei Alex und Robert, die einen Schritt nach hinten machten, um ihn durchzulassen. Dann war er auch schon aus der Halle verschwunden.

„Komischer Typ", stellte Alex fest, der die Gelassenheit des Pflegers anscheinend noch weniger zu verstehen schien als Robert.

„Er kriegt wenigstens Kaffee. Können wir auch endlich zum Essen gehen?!", beschwerte er sich deshalb, bevor sein Magen schon laut vernehmlich knurrte.

Alex lachte und klopfte ihm auf den Rücken, bevor er ebenso nach draußen trat.

„Los doch, sonst muss ich deiner Mom noch schreiben, dass du verhungert bist."

„Dann bekommst du aber Ärger mit deiner Mom. Sie liebt mich schließlich mehr als dich. Ich bin der Sohn, den sie sich immer gewünscht hat", scherzte Robert, der für den Moment froh war, nicht mehr über den Pfleger nachdenken zu müssen. Oder das, was allein sein Anblick in ihm auslöste.

Immer wieder bewunderte Tod die Kleingeistigkeit der Menschen. Da standen sie mitten in einem Kriegsgebiet, bedroht von Waffen und Bomben, aber anstatt Demut vor dem Leben zu zeigen, das ihnen geschenkt worden war, arbeiteten sie sich lieber an einem Mann auf, der Sterbende begleitete. Er schüttelte leise amüsiert den Kopf, während er an seinem Kaffee nippte.

Die vier Männer, die sich so über ihn lustig gemacht hatten, zogen nun ebenfalls in die Kantine ein und ließen sich an einem unbesetzten Tisch in der Nähe nieder. Am Ende waren es ja nur drei von ihnen gewesen, der vierte hatte keinen Ton gesagt. Tod wusste auch warum.

Er lächelte dünn, als er den Blick des vierten Mannes erneut auffing.

Der Mann kannte ihn. Er erkannte Tod nicht, aber er spürte, dass sie bereits aufeinandergetroffen waren. Wahrscheinlich fragte er sich, woher er Tod kannte, aber er würde niemals darauf kommen, dass ihre letzte Begegnung Hunderte von Jahren zurücklag. Das menschliche Gehirn konnte solche Dinge nicht greifen, konnte die Erinnerungen der alten Seele in sich nicht einordnen. Wie hätte es auch? Der menschliche Verstand war zu eingeschränkt, um an ein anderes Leben zu glauben als das, das er gerade erlebte. Und doch waren diese Erinnerungen da. Tod wusste es.

Er kannte die Beschaffenheit von Seelen, von den unsterblichen, uralten Bewohnern des Universums. Jeder dieser Menschen hier trug Erinnerungen für ein ganzes Jahrtausend in sich und ahnte nichts davon.

Nur er dort, der Soldat mit den braunen Locken, dem kantigen Kinn und den breiten Schultern, hatte vielleicht einen Lidschlag lang begriffen, dass er eine Erinnerung besaß, die seinem Körper fremd war.

„Hey, was glotzt du meinen Kumpel so an?", raunzte da der Mann neben dem Soldaten.

„Alex, lass ihn doch in Ruhe", sprang sein Nebenmann auch schon ein. „Ich hab ja auch doof rübergeguckt."

„Was? Na, was sollst du denn auch sonst machen, wenn der dich die ganze Zeit ..."

„Hör jetzt auf damit, Alex!", befahl der Soldat nachdrücklich und Tod musste sich ein Lächeln verkneifen. Ihre Bindung war eng gewesen damals. Eng genug, dass er ihn nun verteidigte, ohne zu begreifen, warum.

Die vergrabene Erinnerung schien noch mehr in dem Soldaten auszulösen, denn er drehte sich tatsächlich zu Tod herum und meinte: „Tut mir leid wegen meiner Kameraden. Willst du dich nicht zu uns setzen? Sie werden sich auch benehmen, ganz bestimmt."

„Sehr gerne", sagte Tod mit einem Lächeln und erhob sich samt seiner Kaffeetasse, um den Tisch zu wechseln.

Die Kameraden des Soldaten sahen ihm düster entgegen, aber anscheinend zeigten die Worte ihres Kollegen Wirkung, denn keiner sagte etwas, als Tod sich neben seinen Fürsprecher setzte. Ein bisschen zu nah vielleicht. Doch der Soldat rückte nicht weg.

„Ich bin Robert. Das sind Alex, Davey und Theo", stellte er sich selbst und seine Kameraden vor.

„Freut mich", nickte Tod. „Mein Name ist Charles."

„Wo kommst du her, Charlie?", hakte Alex nach, als könnte ihm das Aufschluss über Tods Lebensweise geben. Als könnte es erklären, warum er Alex' Meinung nach so falsch und wahrscheinlich Männern zugeneigt war.

„Aus einem kleinen Dorf in England. In der Nähe der Walisischen Grenze", antwortete Tod souverän.

Er kannte diese Welt wie seine Westentasche, er hätte ihm genauso gut einen Hügel in Russland oder eine brach liegende Wiese im Kaukasus nennen können. Aber mit England konnte der kleine Dummkopf vor ihm sicherlich mehr anfangen.

Engstirnigkeit war eines der Dinge, die Tod nicht nachvollziehen konnte. Wie man das eigene Weltbild auf so wenige, kleine Details willentlich einschränkte, wo das Leben und dieser Planet doch so vielfältig und bunt waren!

Aber es war zum Glück nicht an ihm, über Alex oder einen der anderen zu richten. Er musste lediglich da sein, wenn sie ihren letzten Weg antraten.

„Du klingst überhaupt nicht wie ein Brite", erwiderte Davey argwöhnisch, so dass Tod lächelte.

„Durch meine vielen Reisen habe ich es mir abgewöhnt", antwortete er.

„Durch deine vielen Reisen?", echote Theo. „Du bist doch keinen Tag älter als Bobby! Wo willst du schon gewesen sein?"

Ach, wenn er nur wüsste!

Doch Tod erklärte abermals sacht: „Mein Vater war bereits Offizier in der Armee Ihrer Königlichen Hoheit. Seitdem ich denken kann, haben wir im Ausland gelebt."

„Echt?" Alex rümpfte die Nase. „Sprichst du denn noch weitere Sprachen?"

Oh, diese kleingeistigen Menschen! Tod mochte sie in ihrer Eingeschränktheit sehr. Noch mehr allerdings mochte er das Gefühl von Roberts warmen Körper neben sich. Er spürte die Hitze und das Leben und hoffte für einen Moment, dass es den ganzen Abend so sein könnte.

„Ich kann ein paar Fremdsprachen", erklärte er zurückhaltend, um die Unterhaltung nicht abbrechen zu lassen.

In Wirklichkeit beherrschte er jede Sprache, die irgendwo auf diesem Erdball existierte, auch wenn er das eigentlich nicht brauchte. Man verstand ihn schließlich überall. Zudem erinnerte er noch etwa zweihundert weitere, völlig vergessene Sprachen. Aber das würde wohl über Alex' Verständnis hinausgehen.

„Sag mal was in 'ner anderen Sprache!", verlangte Theo lauernd.

Den Gefallen tat Tod ihm und leierte eine Passage aus einem uralten chinesischen Text herunter. Die Augen der Soldaten wurden groß.

„Darf es noch eine andere sein?", fragte er amüsiert, so dass Davey fassungslos nickte.

Also rezitierte er ein Gedicht auf Griechisch.

„Das ist ja irre!", entfuhr es Alex. „Warum bist du dann Krankenschwester und nicht Übersetzer oder Konsul oder was weiß ich?"

„Es ist meine Leidenschaft." Tod zuckte ungerührt die Schultern.

Natürlich mochte er das, was er tat. Aber letztlich hatte er auch keine andere Wahl. Sein Daseinszweck bestand darin, Seelen auf die andere Seite zu geleiten, ohne dass ihm eine durch die Lappen ging. Für nichts anderes existierte er.

„Es kann 'ne Leidenschaft sein, Bettpfannen auszuleeren?", hakte Theo naserümpfend nach.

„Jeder Job hat unangenehme Seiten", warf Robert da ein. „Das ist bei unserem doch nicht anders. Oder liegst du gern in einem Schützengraben im Kugelhagel und fürchtest um dein Leben?"

Er starrte Theo ernst an, so dass Tod sich abermals ein Lächeln verkneifen musste. Jetzt warf er sich schon für ihn in die Bresche, auch wenn er nicht den Hauch einer Ahnung hatte, warum er das tat.

Theo schien nichts darauf zu entgegnen zu haben, so dass Tod einwarf: „Da lobe ich mir doch die vollen Bettpfannen."

Robert lächelte und auch Alex lachte.

Womöglich hatte Tod damit schon zwei Verbündete in diesem Lazarett.

Es war seltsam, wie nah Charles neben ihm auf der Bank saß. Es war unangenehm. Und gleichzeitig war es das auch nicht.

Verwirrt versuchte Robert auszuloten, was hier eigentlich los war. Was mit *ihm* los war! Er verstand es nicht.

Jedes Wort, das der Pfleger sprach, wühlte irgendetwas in ihm auf, auch wenn er nicht zuordnen konnte, was es war. Da waren Vertrauen und das Wissen darum, dass dieser Mann sich für ihn vor eine Kugel werfen würde. Wo zur Hölle kam das her?! Ob nur er sich so seltsam fühlte in seiner Gegenwart?

Er blickte zu seinen Kameraden, die den Pfleger noch immer misstrauisch musterten. Vielleicht auch, weil sein Blick so unvoreingenommen über sie hinwegging. Obwohl sie so fies zu ihm gewesen waren, schien er ihnen nicht zu zürnen. Sie banden ihn nach dem anfänglichen, kurzen Verhör über seine Herkunft nicht mehr in ihr Gespräch ein, aber Charlie hörte interessiert zu, während sie aßen und er seinen Kaffee trank.

Schließlich war auch Robert satt und zufrieden und lehnte sich seufzend zurück. Die Müdigkeit des langen Tages drückte auf seine Augenlider und er wünschte sich nur noch, schlafen zu können. Raus aus der schusssicheren Weste, raus aus den verschwitzten Klamotten, hinein in sein kühles Feldbett. Auch wenn er froh sein würde um die warme Decke, schließlich kühlte es nachts ziemlich ab hier draußen.

„Möchtest du Kaffee, Robert?", fragte der Pfleger neben ihm nun vertraulich und lehnte sich ein wenig näher. Noch näher. Robert wäre am liebsten geflohen. Aber er tat es nicht, weil er es gleichzeitig nicht wollte. Irgendetwas an diesem Mann zerriss ihn innerlich.

„Nein, ich gehe gleich ins Bett. Der Tag war lang", antwortete er und konnte sich ein Gähnen nicht verkneifen.

Charlie nickte verständig.

„Das hast du dir verdient. Ich gehe zurück zu den Verwundeten. Die Nacht ist schließlich auch für sie die einsamste Zeit", beschloss er.

„Jetzt noch? Ist deine Schicht nicht längst vorbei?", hakte Robert nach, während er sich erhob. Der Pfleger stand mit ihm auf.

Erst jetzt bemerkte Robert, dass Charles tatsächlich ein kleines Stück größer war als er selbst.

„Ich brauche nicht viel Schlaf", erklärte Charles amüsiert, während er seine Kaffeetasse und gleichzeitig Roberts Tablett mitnahm, um beides am Küchentresen zurückzugeben.

Erstaunt über diese ungefragte Freundlichkeit blickte Robert ihm nach, bis er wieder zu ihm kam.

„Danke", sagte er, noch immer ein wenig irritiert, doch Charlie nickte, als sei es das Selbstverständlichste der Welt.

„Du hast mir gar nicht erzählt, woher du kommst", knüpfte er an ihr vorheriges Gespräch an, während sie nach draußen gingen.

„Ich ... ähm ... aus Michigan", brachte Robert mühsam hervor.

Sie traten nebeneinander in das Mondlicht hinaus und ein absolut heimeliges Gefühl traf ihn wie ein Hammer. Er blickte Charlie an, dessen sonnengegerbte Haut im Mondlicht einen seltsamen Schimmer annahm. Robert blinzelte ein paar Mal, weil er sich einbildete, unter seiner Haut noch etwas anderes sehen zu können.

Was war nur los mit ihm?! Hatte man ihm Drogen ins Essen gemischt?! Es war doch nicht normal, was hier gerade ablief!

„Bist du in Ordnung, Robert?", hakte Charlie nach und legte seine Hand stützend an Roberts Oberarm.

Bei der Berührung durchfuhr ihn ein elektrischer Schlag und eine Gänsehaut rauschte über seinen gesamten Körper.

„Nein! Doch!", antwortete Robert hastig und befreite sich von Charlies Hand, als würde sie ihm Löcher in die Haut brennen.

„Klingt nicht so", lächelte Charles auf einmal wieder dünn, aber da traten auch schon Roberts Kameraden aus der Kantine.

„Nimm deine Finger von ihm, Schwuchtel!", blaffte Davey ihn an und baute sich drohend vor dem Pfleger auf.

Doch der wich keinen Millimeter zurück, obwohl Davey ihn um gut einen halben Kopf überragte.

„Ich glaub auch, dass es jetzt reicht!", warf Theo aggressiv ein. „Verpiss dich von hier. So einen wie dich wollen wir nicht in unserer Nähe!"

„Wenn du einen von uns auch nur noch einmal schräg anschaust ...", ließ Davey sich weiter hinreißen und erhob warnend die Faust, die aufgrund seiner Größe wirklich furchteinflößend war. Groß und massiv.

Der Pfleger zuckte nicht einmal mit der Wimper, sondern sah die Männer interessiert an.

Was war denn los mit ihm?! Ein falscher Blick würde doch jetzt schon reichen, um die Soldaten ausrasten zu lassen! Aber Charlie schien das nicht zu verstehen, weshalb Robert sich schützend vor ihn stellte.

„Hört auf damit!", befahl er ernst, so dass Davey ungläubig fragte: „Was soll das, Bobby?! Dieser Kerl betatscht dich und drängt sich dir auf und du verteidigst ihn auch noch?! Bist du verliebt, oder was?!"

„Ich hab doch gesagt, dass Bob keiner von denen ist!", fuhr Alex dazwischen, der sich wenigstens aus der Fehde mit Charlie herausgehalten hatte.

„Scheint mir aber nicht so!", motzte Theo zurück. „Und der hässliche Homo soll sich endlich von hier verpissen! Wir wollen keine Schwuchtel in unserer Nähe!"

„Was seid ihr eigentlich für hirnverbrannte ...", begann Robert zu schimpfen, wenn er auch nicht genau wusste, warum ihn das so sauer machte.

Was ging ihn das alles an? Was ging es ihn an, ob sie nett zu Charlie waren oder nicht? Er kannte ihn nicht und wusste so gut wie gar nichts über ihn. Trotzdem entfachte die Art, wie sie mit ihm umsprangen, eine unglaubliche Wut in ihm!

„Lass es gut sein."

Charles legte sacht die Hand an Roberts Schulter und schob ihn aus dem Weg, so dass er dem schnaubenden Davey wieder gegenüberstand.

„Ich halte mich von euch fern", sagte er ruhig. „Aber wisset: In eurer einsamsten Stunde werden wir uns wiedersehen."

„Ist das eine Drohung?!", schnaubte Davey abfällig, aber Charlie erwiderte seinen Blick ungerührt und sagte: „Nein, das ist eine Unausweichlichkeit."

Davey runzelte die Stirn, aber da drehte Charlie sich auch schon um und ging gelassen zur großen Halle zurück.

Das Schöne an diesem abgelegenen Ort war die Klarheit des Sternenhimmels. Myriaden von Sternen zogen sich über den schwarzen Samt am Firmament. Tod liebte den Anblick der Milchstraße.

Er erklomm einen kleinen, grasigen Hügel außerhalb der Umzäunung des Lazaretts. Er konnte die wenigen Lichter hinter sich noch in der Dunkelheit erkennen, doch außer den Wachposten am Tor und einer Krankenschwester bei den Verwundeten war beinahe niemand mehr wach.

Er dagegen hatte einen Auftrag.

Ein kleines Stück ging er noch, bis der Boden wieder fruchtbarer wurde und wenigstens ein paar niedrige Büsche um einen kleinen, krumm gewachsenen Baum herum wuchsen. Dort blieb er stehen und sah hinauf zum Mond.

Er hatte so oft mit seiner Frau im Mondschein gestanden, dass es nur gute Gefühle in ihm auslöste. Er hatte sie mitgenommen, wenn er diesen schönsten Teil seiner Aufgabe erfüllte. Jede Nacht nahm er sich die Zeit und zelebrierte den Moment, in dem er die Seelen auf ihre letzte Reise schickte.

Tief einatmend legte er erst einmal die Erscheinung des Pflegers Charlie ab, der so viel Unmut unter den Soldaten schürte, um seine eigene Gestalt anzunehmen. Seine Gestalt, wie sie auf der Erde aussehen würde. Er wuchs augenblicklich um einige Zentimeter, sein Haar wurde ein wenig länger, blieb aber schwarz. Und er erhielt seinen sauberen Henriquatre-Bart zurück. Er seufzte zufrieden. Dieses Aussehen war ihm viel vertrauter. In ihr fühlte er sich wohler. Obwohl das im Grunde völlig unsinnig war, schließlich war nichts davon er und doch alles. Er legte diese Erscheinungsbilder an und ab wie Verkleidungen, damit die Menschen keine Angst bekamen.

Ganz früher, kurz nach seiner Entstehung und auch der des Lebens auf dieser Erde, hatte er die Sterbenden in seiner wirklichen Gestalt abgeholt. Es war ein ums andere Mal ein Desaster gewesen und er hatte die verängstigten Seelchen noch lange in seiner eigenen Brust wärmen müssen, ehe sie aufsteigen konnten. Deshalb war er bald dazu übergegangen, sich eine Verkleidung zuzulegen. Seitdem lief es merklich besser.

Dieses Aussehen hier war eines der ersten gewesen, in dem er sich gezeigt hatte. In dieser Gestalt hatte er auch seine Liebste getroffen.

Er seufzte wieder, weil er keine Zeit dazu hatte, in Gedanken zu versinken. Hunderte kleine Seelen warteten darauf, endlich diese Welt zu verlassen.

Er legte die lange, feingliedrige Hand an seine Brust und drehte dann die Handfläche nach oben, so dass die kleinen, roten Leuchtkugeln darauf erschienen. Es wurden immer mehr, bis er seine zweite Hand hinzunehmen musste, damit sie nicht herunterpurzelten.

Tod lächelte. Dieser Moment war wirklich jede Mühe wert, jede einzelne Nacht seit Tausenden von Jahren.

Sie alle hatte er über den Tag hinweg gewärmt, hatte sie abgeholt und in ihren letzten Momenten begleitet. Er hatte sie in seine Brust gelegt, damit sie nicht mehr froren. Und nun waren sie warm und voller Vertrauen und begierig darauf, das Anderswo zu sehen. Dorthin zurückzukehren, woher sie kamen.

„Nun, ihr kleinen Seelchen, begebt euch auf die Rei ... Nanu?"

Inmitten der ganzen pulsierenden, roten Seelenkugeln schwebte eine kleine blaue Seele. Die hatte er anscheinend nicht ausreichend wärmen können. Aber so wollte er sie nicht auf die Reise schicken.

Vorsichtig pustete er warmen Atem über die kleine Kugel, aber sie zitterte nur und versuchte, sich zwischen den anderen zu verstecken.

„Kleine Seele, hab keine Angst mehr. Deine Reise wird eine wunderbare werden. Du wirst unglaubliche Dinge sehen, bis du zuhause ankommst", versuchte er sie zu beruhigen, doch es half nichts.

Deshalb richtete er den Blick auf eine andere, etwas größere Seele, die viel Wärme ausstrahlte. Er hatte sie kurz vor dem Mittag geholt. Sie war eine alte Frau gewesen, die sehr glücklich im Kreis ihrer Kinder, Enkelkinder und Urenkelkinder gestorben war. Sie hatte Tod schon erwartet und ihn mit offenen Armen empfangen. Solche Aufträge mochte er am liebsten.

„Kannst du die kleine blaue Seele trösten?", bat er sie und pustete die alte Dame ein wenig in Richtung der blauen Kugel.

Behäbig schwebte die alte Dame auf sie zu und berührte sie ganz leicht. Tod wusste nicht, was sie mit ihr geteilt hatte, ob sie aufmunternde Erinnerungen oder ein schönes Gefühl weitergegeben hatte, aber es wirkte. Die kleine Seele hörte auf zu zittern und ihre Farbe wich einem leichten Orange. Weitere Seelenkugeln nahmen sich ein Beispiel, drängten sich um die orange und berührten sie ebenso. Es dauerte keine zwei Wimpernschläge und auch die ängstliche Seele pulsierte tiefrot.

„Das habt ihr gut gemacht. Vielen Dank", sagte Tod zu seinen kleinen Helfern. „Passt gut aufeinander auf. Aber es kann euch nichts geschehen. Ich wache über euch, bis ihr angekommen seid."

Damit hob er die Hände gen Himmel und die kleinen Seelenkugeln erhoben sich zaghaft. Tod half nach, indem er sacht pustete, bis sie alle seine Hände verlassen hatten. Zufrieden sah er ihnen zu, wie sie ihren Weg hinauf zu den Sternen aufnahmen.

Ganz still beobachtete er, wie sie langsam immer höher schwebten. Ein kleiner Haufen roter Punkte auf dem Weg hinaus ins Universum. Bald verlor Tod sie aus den Augen und konnte sie nur noch in seinem Inneren spüren. Das Gefühl würde bleiben, bis sie ihr Ziel erreicht hatten.

Neue Seelen warteten bereits auf ihn, das wusste er. Solange die Zeit nicht stillstand, konnte er nicht ruhen. Aber diesen einen Moment stahl er sich heute Nacht.

Ein wenig schwerfällig setzte er sich an den Stamm des krummen Baumes und betrachtete den überwältigenden Sternenhimmel über sich. Eine seltene Einsamkeit überfiel ihn urplötzlich. Dieses Gefühl hatte er Jahrtausende nicht gekannt, bis er *sie* getroffen hatte. Die Seele, die ihm gezeigt hatte, wie man liebte. Eine Menschenfrau, völlig unbedeutend, und doch war sie alles für ihn. So lange war es nun schon her und doch dachte er jeden Tag an sie. Und wünschte, er könnte sie noch immer bei sich haben.

Neben ihm raschelte es im Gebüsch und ein weißer Fuchs tapste zu ihm. Tod lächelte.

„Guten Abend, meine Verehrteste", sagte er weich und sah zu, wie der Fuchs seine Gestalt verlor.

Er wuchs und legte sein Fell ab, bis er als wunderschöne Frau vor ihm stand. Ihr weißblondes Haar leuchtete überirdisch und Tod mochte die Helligkeit ihrer Haut, die beinahe durchscheinend wirkte.

Aus tiefblauen Augen sah sie ihn sanft an, bevor sie sich neben ihn setzte.

„Du bist schon wieder viel zu nah dran, mein Lieber", sagte sie sacht, wobei sie ihre Hand auf seine legte. Dazu konnte er lediglich nicken.

„Ich weiß. Ich versuche wirklich, mich fernzuhalten. Aber es gelingt mir nicht."

„Nein, das kann es auch nicht. So ist nun mal die Liebe, Tod."

„Grausam und wunderbar zugleich." Er lächelte schmerzlich. „Wie kann es überhaupt sein, dass Wesen wie wir im Stande sind, zu lieben?"

„Weil wir unsere Aufgabe ohne Liebe nicht erfüllen können", antwortete sie und lehnte sich dabei an seine Schulter. „Wie würde die Welt aussehen, wenn du die Seelen nicht wärmen würdest? Wie würde sie aussehen, wenn ich ihr nicht die schönsten Blumen, die süßesten Häschen und die liebsten Kinder schenken würde?"

„Dein Werk ist noch viel großartiger als meines, meine Liebe", stimmte Tod amüsiert zu.

„Ohneeinander können wir nicht sein, das weißt du doch. Jeder von uns hat seinen Anteil. Ohne das Leben gibt es keinen Tod. Ohne den Tod kein Leben. Das ist unsere Bestimmung. Und es ist viel leichter, sie mit Liebe zu erfüllen", antwortete sie erstaunlich sachlich.

„Ja, du hast recht. Aber manchmal tut Liebe weh", gestand Tod gequält, so dass seine Freundin ihm tadelnd auf den Oberschenkel klopfte.

„Weil du dich nie von ihr fernhalten kannst! Sobald du spürst, dass sie wieder auf der Erde ist, musst du zu ihr."

Er hätte es wohl abstreiten können, aber das wäre gelogen gewesen. Und er log seine einzige Freundin nicht an. Das einzige Wesen, das so war wie er.

Sie hatte völlig recht: Er musste zu seiner geliebten Seele, sobald er wusste, dass sie wieder da war. Dass sie einen neuen Körper gefunden hatte, in dem sie wohnen wollte. Ein neues Leben, das sie leben wollte. Er musste wenigstens ab und an einen Blick auf sie werfen, auch wenn sie noch ein Baby war oder ein Kind oder ein verheirateter Mann oder eine Großmutter. Es störte ihn nicht, denn sie war immer *seine* Seele. Allerdings hatte er sich geschworen, niemals wieder so nah an sie heranzukommen, wie er es damals getan hatte. Niemals wieder. Es hatte so sehr geschmerzt, als es zu Ende ging.

„Wirst du dich diesmal fernhalten können, Tod?", hakte das Leben mit einem mitfühlenden Blick nach.

Sie spürte seine Qual und wollte ihn nicht weiter tadeln.

„Ich weiß es nicht. Ich habe sie heute berührt und neben ihr gesessen ... Ich habe mich gefühlt wie damals. Beinahe glücklich."

„Ich gönne dir jedes Glück dieser Welt, mein Lieber, das weißt du. Aber du musst dich von ihr fernhalten, damit es nicht wieder so ausgeht wie beim letzten Mal! Das kannst du ihr nicht noch einmal antun. Und du stehst das auch nicht noch einmal durch."

„Ich weiß, meine Liebe. Aber es ist so schwer. Wir ziehen einander an. Das kann man nicht in Abrede stellen. Ich habe es heute gemerkt, wie er mich angesehen hat, wie er sich vor mich gestellt hat, obwohl er nicht einmal wusste, warum ... Er erinnert sich. Und allein das ..." Tod rang um Worte. „Allein das Wissen darum tut gut."

Seine Vertraute lächelte.

„Wie sollte eine Seele auch jemals vergessen können, dass sie sich einmal in den Tod persönlich verliebt hat?"

„Und er sich in sie", seufzte Tod bei der Erinnerung an die Wärme ihrer Arme.

Solch eine Geborgenheit hatte er danach niemals wieder gefühlt. Und das würde er auch nicht mehr, denn er wusste, was Leben nun von ihm verlangen würde.

„Versprich mir, dass du dich von ihr fernhältst, Tod. Es ist für euch beide das Beste."

„Das kann ich nicht. Ich bringe es nicht fertig. Jetzt ist sie doch so nah ..."

„Und trotzdem. Denk an meine Worte. Das kann nur böse ausgehen."

Wenn sie doch nur nicht so richtig gelegen hätte!

„Ich weiß, meine Liebe, ich weiß", sagte er.

Dann blickte er noch einmal gen Himmel, weil er spürte, dass seine Seelchen gerade im Anderswo ankamen.

„Sie sind da. Wohlbehalten und vollzählig", sagte er, so dass Leben sich erhob. Sie reichte ihm ihre Hand, um ihm aufzuhelfen wie einem alten Mann.

„Heute Nacht fühle ich mich wirklich unendlich alt", gab er zu, so dass sie lächelte: „Dabei bist du der jüngere Zwilling von uns beiden."

„Nach dem Leben kommt der Tod, ich weiß."

Er rollte scherzhaft die Augen und seine Freundin lachte.

Es gab keinen Scherz auf dieser Welt, den sie noch nicht gemacht hatten. So war das nun einmal, wenn man Jahrtausende alt und unsterblich war.

„Ich wünsche dir eine gute Nacht, meine Liebe", sagte er und sie zwinkerte ihm zu, ehe sie wieder die Gestalt des Fuchses annahm und beinahe lautlos im Gebüsch verschwand.

Tod blickte ein letztes Mal gen Himmel, dann ging er, um seine Aufgabe wieder zu erfüllen.

Lange vor dem Weckerklingeln war Robert wach und starrte an die Zeltdecke. Er hatte von Charlie geträumt, nicht nur ein Mal in dieser Nacht, nachdem er kaum hatte einschlafen können, weil er die ganze Zeit an ihn hatte denken müssen. Was war nur los mit ihm?! Er war doch nicht verliebt! Er stand nicht auf Männer, nicht mal ein bisschen!

Was zur Hölle war da also in seinem Kopf los?! Wenn er an Charlie dachte – und das tat er pausenlos seit dem vergangenen Abend – sah er immer wieder sein Lächeln.

Das Lächeln, das irgendetwas in ihm auslöste. Ein Gefühl des ...

Er konnte es nicht beschreiben. Es war eine Vertrautheit, die ihm völlig unangebracht vorkam. Eine Vertrautheit, die es nicht geben durfte! Er kannte diesen Kerl überhaupt nicht! Und doch schauderte er wohlig bei der Erinnerung daran, wie er sich zu ihm gebeugt und ihn nach einem Kaffee gefragt hatte. Verdammt, das gab es doch nicht! Er schüttelte über sich selbst den Kopf.

Und dann dieser Moment, als sie aus der Kantine getreten waren ... als er dachte, dass irgendetwas unter Charlies Haut schimmerte. Wahrscheinlich war es schlichtweg der Winkel des Mondlichtes gewesen oder ein Bartschatten oder was auch immer. Das war eine gute Erklärung, aber gleichzeitig wusste Robert, dass sie nicht stimmte.

Warum zerbrach er sich nur so den Kopf über diesen seltsamen Kerl?!

Vielleicht – und dieses stille Eingeständnis fiel Robert wirklich nicht leicht – vielleicht war er ja tatsächlich dabei, sich in Charlie zu verknallen. So etwas gab es doch, auch wenn man nicht schwul war, oder?

Er hatte davon schon mal gehört und wenn er jetzt sein Handy bemühen würde, würde er tausende Suchtreffer dafür finden! Aber er tat es nicht. Konnte er so einer seltsamen Gefühlsregung nachgeben?

Nein. Darüber musste er nicht einmal nachdenken.

Er wollte nichts mit einem Mann anfangen, weder eine Beziehung noch eine Affäre noch sonst irgendwas! Er wollte das nicht, es widerstrebte ihm!

Das musste er Charlie wissen lassen. Dass er nicht schwul war und dass er sich nur widerwillig zu ihm hingezogen fühlte ... Nein, das konnte er auf keinen Fall laut aussprechen.

Er stöhnte unterdrückt, um seine Kameraden nicht zu wecken.

Warum musste ausgerechnet hier, in einem Kriegsgebiet am Arsch der Welt, ein Typ auftauchen, zu dem er sich hingezogen fühlte?! Wahrscheinlich der einzige Mann auf diesem Planeten! Das war doch irre!

Er fühlte sich zu ihm hingezogen ...

Allein das war für Robert schon zu viel zu akzeptieren. Er wollte so nicht fühlen! Schon gar nicht in einem Lazarett auf feindlichem Gebiet!

Er musste das aus der Welt schaffen! Für sich und für Charlie! Es hatte keinen Sinn, er konnte damit nicht leben!

Kurzentschlossen setzte er sich auf. Er würde Charlie noch vor dem Frühstück aufsuchen. Und wenn er ihn fand und er allein war, würde er ihm sagen, wie es aussah.

Er beeilte sich, in seine Uniform zu steigen und danach in die Stiefel. Hastig setzte er sich noch das Basecap auf und eilte leise zum Zeltausgang.

„Wo willst du denn schon hin?", hörte er Alex in seinem Feldbett murmeln, aber er ging gar nicht darauf ein, sondern huschte hinaus.

Der Himmel war noch dunkel, nur ein sanftes Zwielicht herrschte im Freien, gerade genug, um ein Stück des Weges vor sich zu erkennen. In der Kantine brannte ein schwaches Licht, in der Halle mit den Verwundeten war es gedimmt worden. Es war noch alles ruhig im Lazarett.

Wo sollte er nach Charlie suchen? Er konnte ja schlecht in jedes Zelt schauen, ob er darin lag.

Aus dem Augenwinkel registrierte er eine Bewegung hinter den Fenstern der Lazaretthalle und erkannte Charlies Silhouette. Erleichtert lenkte er seine Schritte zur Eingangstür und schlüpfte hinein.

Er sah den Pfleger gerade an einem Bett Platz nehmen, in dem ein regungsloser Soldat lag. Dessen Haut war wächsern und sein Atem ging schwer. Leise trat er hinzu und um das Bett herum, bis er Charlies Gesicht sehen konnte.

Mit verschlossener Miene hielt der Pfleger die Hand des Soldaten. Er schien Robert nicht zu bemerken.

„Wenn du gehen willst, dann geh. Du bist nicht allein. Ich begleite dich", sagte Charlie sacht.

Der verwundete Soldat schien verstanden zu haben, denn er machte noch drei angestrengte Atemzüge, dann verstummte das rasselnde Geräusch seiner Lungen. Der Monitor hinter ihm begann zu flackern und schon zeigte er stumm die Nulllinie an. Hatte Charlie den Ton abgeschaltet, um die anderen Patienten nicht zu wecken?

Stirnrunzelnd betrachtete Robert für eine Sekunde den Monitor, ehe er seine Aufmerksamkeit wieder auf den Pfleger am Bett lenkte. Der hob nun die andere Hand und fuhr mit einigem Abstand über das Gesicht des Toten. Danach drückte er sich die Handfläche an die Brust und sah gen Himmel.

Aber da traf es Robert wie eine Abrissbirne. Er schwankte, als sich vor seine Augen ein Bild drängte, das er selbst noch niemals gesehen hatte.

Jemand hatte genau diese Bewegung gemacht. Eine feingliedrige Hand mit langen Fingern, ein schwarzer Ärmel. Robert konnte kaum zuordnen, was noch Wirklichkeit war und was nicht. Ihm wurde übel, aber die Szene in seinem Kopf war noch nicht vorbei. Die Hand fuhr über das Gesicht einer toten Frau, bleich und entstellt von einer Krankheit. Genau wie Charlie hatte dieser jemand den kleinen Finger unter den Ringfinger geschoben, als wollte er etwas damit festhalten. Dann die Bewegung zur eigenen Brust.

Schockiert starrte Robert Charlie an, als das Bild langsam wieder verblasste.

„Warum hast du das gemacht?", krächzte er verständnislos und klammerte sich an das Bettgestell vor sich. Er hatte sein Gleichgewicht noch nicht wieder vollständig zurück erlangt.

„Was habe ich gemacht, Robert?", hakte Charles sacht nach, der sich nun erhob. Er legte die Hand des toten Soldaten dabei vorsichtig auf dessen Bauch, als hätte er auch das schon hundert Mal getan.

„Das da! Diese Geste! Gehört ... gehörst du zu irgendeiner Sekte?", wollte Robert verärgert wissen.

Charlie zog eine Braue hoch, dann lächelte er.

„Nein, ich habe nur versucht, den Atem zu spüren. Aber da war keiner mehr", erklärte er ruhig.

„Und ... und das zu deiner Brust? Was war das?"

Robert fragte sich, warum er nicht aufhören konnte, zu bohren. Irgendetwas in ihm drängte an die Oberfläche, aber er bekam es nicht zu greifen.

„Das ist meine Art, mich zu verabschieden", antwortete Charles gelassen. „Ich erweise ihm dadurch meine Ehre."

Leise trat er zum Leichnam und zog die weiße, saubere Decke vorsichtig über dessen Kopf. Er schien es jemand anderem zu überlassen, ihn wegzuschaffen.

„Ich muss jemanden benachrichtigen, dass wir einen weiteren Toten haben", sagte der Pfleger und winkte Robert hinter sich her zu dem Telefon an der Pforte.

„Warum bist du schon so zeitig auf den Beinen, Robert?", wollte Charlie wissen, während er wählte.

„Ich ... ich konnte nicht gut schlafen", murmelte Robert ausweichend, weil er ihm nicht unbedingt auf die Nase binden wollte, dass er nur an ihn hatte denken können. Am liebsten hätte er sich irgendwo versteckt, anstatt dieses Gespräch zu führen.

„Das tut mir sehr leid", antwortete Charlie mitfühlend, bedeutete ihm dann aber, dass jemand am anderen Ende abgenommen hatte. Er wechselte ein paar Worte, ehe er wieder auflegte und Robert zurückhaltend anlächelte.

„Was hat dich wach gehalten heute Nacht?", hakte er freundlich nach, so dass Robert seine Zeit für gekommen sah.

Er holte tief Luft, ließ sie aber zum Teil wieder entweichen, weil er fürchtete, dass er sonst zu laut sprechen würde. Und das hier ging schließlich niemanden etwas an.

„Du. Also ... du." Er wusste nicht, wie er es anders ausdrücken sollte.

Doch Charlie schien das nicht zu schockieren. Er blickte Robert, auf eine weitere Erklärung wartend, an.

„Ich bin nicht so einer, weißt du? Also, o Gott, wie sich das anhört, entschuldige." Beschämt wischte Robert sich über das Gesicht. „Ich will das nicht abwerten.

Wenn du so fühlst, ist das für mich okay. Aber ich fühle einfach nicht so, verstehst du?"

„Wenn ich ehrlich bin, verstehe ich nur wenig von dem, was du sagst", gestand Charlie, so dass Robert ein hoffnungsloses Seufzen unterdrückte.

Er senkte die Stimme noch weiter und sagte: „Ich bin nicht schwul. Es ist okay für mich, wenn du schwul bist, aber bei mir brauchst du dir keine Hoffnungen machen."

Nun endlich breitete sich ein Lächeln über Charlies Gesicht aus. Es wirkte ein wenig spöttisch, aber sicher war Robert sich nicht.

„Robert, ich halte von derlei Begrifflichkeiten nichts", antwortete er schließlich. „Ich bin der Meinung, dass man nicht das Geschlecht eines Menschen liebt, sondern die Seele, die in ihm steckt."

„Das heißt ..." Ungläubig runzelte Robert die Stirn. „Das heißt, du bist bi?"

Das Lachen platzte so plötzlich aus Charlie heraus, dass er schnell die Hand vor den Mund schlug, um nicht alle Patienten zu wecken. Es dauerte ein paar Sekunden, bis er sich wieder beruhigt hatte. Dennoch sah Robert Lachtränen in seinen Augen funkeln.

„Lass es uns pan nennen, Robert. Ich glaube, das trifft es eher."

Er grinste noch immer amüsiert, klopfte Robert auf die Schulter und ging zurück zu den Verwundeten.

Beinahe den ganzen Tag musste Tod an Roberts Worte denken. Die Einfachheit von dessen Überlegungen überraschte und amüsierte Tod gleichermaßen. Robert ahnte nicht einmal ansatzweise, was für eine Liebe das war, die Tod für ihn da empfand. Eine alles überdauernde, ewige und unstillbare Liebe.

Und Robert fühlte sie auch, ansonsten hätte er besser geschlafen und heute Morgen nicht das Gespräch gesucht, um Tod abzuweisen. Tod, der bisher niemals auch nur einen echten Versuch gemacht hatte, ihm nahezukommen. Hätte er das getan ...

Tod lächelte. Er wusste nicht, ob Robert sich dagegen hätte wehren können.

Immerhin hatte er Leben das Versprechen gegeben, sich fernzuhalten. Das wollte er befolgen.

Trotzdem musste er sich den restlichen Tag anstrengen, seine Seelen nicht mit einem breiten Grinsen einzusammeln.

Irgendwo in Afrika schließlich traf er auf Mbaku, eine sehr alte Seele, die er schon oft abgeholt hatte. Diesmal war er ein Stammesführer, der soeben an einer tödlichen Krankheit starb.

Er lag allein im Bett seiner bescheidenen Lehmhütte. Von seiner Familie war niemand da, damit sie sich nicht ansteckten.

„Ach, da bist du schon", sagte Mbaku, als Tod eintrat, obwohl er sich für die Irdischen noch gar nicht sichtbar gemacht hatte. Er lächelte und holte dies nach. Manch alte Seelen erkannten ihn auch so.

„Guten Tag, mein Freund", begrüßte Tod Mbaku, der schon sehr blass war.

„Guten letzten Tag auf Erden, wolltest du wohl sagen." Mbaku versuchte zu lachen, aber dafür war er bereits zu schwach. „Es ist tröstlich, dass ich nicht allein sterben muss."

„Du musst niemals allein sterben, das weißt du doch", antwortete Tod sanft und kniete sich neben das niedrige Bett, um seine kühle Hand auf Mbakus heiße Stirn zu legen.

„Ja, das sollte ich wissen", stimmte der Stammesführer ihm zu. „Ich habe dir viel zu erzählen aus diesem Leben."

„Daran zweifle ich nicht, Mbaku."

Schon seit Jahrhunderten vermochte Mbaku, sich in seinen letzten Minuten auf dem Sterbebett an Tod zu erinnern. Und an all die Dinge, die sie miteinander bereits erlebt hatten. Sie hatten immer gute Gespräche geführt. Erhellende Gespräche, voller gegenseitigem Mitgefühl und Interesse. Und weil Tod es irgendwann leid gewesen war, seinem Freund immer wieder dieselben Geheimnisse des Universums anzuvertrauen, hatte er ihm die Fähigkeit gewährt, sich ab dem Moment seiner Anwesenheit an alles Vergangene zu erinnern.

Wenn er so darüber nachdachte, war er schon ein sehr mächtiges Wesen.

„Wie geht es dir, Tod?", wollte Mbaku leise wissen, wobei er ein Husten unterdrückte.

Irritiert blickte Tod in sein graues Gesicht, dann lächelte er.

„Du bist einer der wenigen, der mich je danach fragt, Mbaku."

„Auch nur, weil du heute so glücklich aussiehst", gestand der Stammesführer angestrengt.

„Glücklich?" Tod überlegte einen Moment. „Ja, das mag für heute wohl zutreffen."

„Für heute. Dafür, dass du seit Anbeginn der Zeit existierst, ist heute eine sehr kurze Zeitspanne, um glücklich zu sein", warf der Sterbende ein.

„Du bist ein sehr weiser Mann, Mbaku", antwortete Tod und beugte sich näher zu ihm. „Es ist Zeit zu gehen, mein Freund."

„Nein, warte, ich will noch nicht ..."

„Mbaku, deine Zeit in diesem Körper ist abgelaufen", unterbrach Tod ihn ernst. „Komm mit mir. Wir können uns unterhalten, während wir reisen."

Enttäuscht stöhnte der alte Mann, dann nickte er mit letzter Kraft.

„Gut. Hilf mir, bitte, damit es schneller geht."

„Natürlich", versprach Tod sanft. „Entspann dich und atme aus."

Einen letzten Blick warf der alte Mann auf Tod, dann legte er den Kopf zurück und atmete tief. Tod gewährte ihm zwei Atemzüge, ehe er die Hand hob und mit ein wenig Anstrengung die Seele vom Körper löste. Sie kam klein und gelb heraus und Tod nahm sie auf die Handfläche. Er lächelte.

„Ich weiß, du wolltest noch nicht gehen. Aber ich mache die Regeln nicht", sagte er und pustete seinen Atem auf die kleine Kugel. Es sah aus, als schüttelte sie sich, dann färbte sie sich tiefrot.

„Das sieht doch schon besser aus", stellte Tod zufrieden fest. „Ich wärme dich noch ein wenig und währenddessen kannst du mir erzählen, was du loswerden möchtest."

Mbakus Seele wartete nicht ab, bis Tod die Hand zu seiner Brust führte, sondern glitt ungeduldig an seinem Arm hinauf und verschwand selbst in Tods Brust. Es kitzelte ein wenig und Tod grinste. So war Mbaku schon immer gewesen. Eine ganz bemerkenswerte Seele.

Tod erhob sich vom Boden und öffnete einen Riss in der Wirklichkeit, durch den er zu seinem nächsten Auftrag gelangen würde. Er hatte kaum einen Schritt darauf zugemacht, da spürte er, wie Mbaku in seinem Inneren die erste Erinnerung mit ihm teilte. Es war eine sehr schöne an seinen ältesten Sohn. Tod lächelte, als er seine Reise begann.

Den ganzen Tag über traf Robert nicht mehr auf Charlie. Und obwohl er froh darüber hätte sein sollen, sah er sich ständig nach ihm um. Er konnte nicht froh sein, weil er nicht wusste ... Nun, weil er gar nichts wusste!

Er verstand nicht, warum Charlie am Morgen so sehr gelacht hatte und dann einfach gegangen war. Er verstand nicht, warum Charlie nicht einmal einen Versuch machte, bei ihm zu landen.

Er verstand nicht, warum er sich das so ersehnte! Seine Gefühle verwirrten ihn so kolossal, dass er nicht mehr wusste, was er noch denken sollte.

War er irgendwie übergeschnappt? Litt an Schlafmangel oder vertrug das Essen nicht?

Robert war ratlos. Und gleichzeitig rastlos, weil er nicht wusste, wo zum Teufel Charlie steckte!

Er war ja schon versucht, eine der Schwestern zu fragen, welches sein Zelt war. Aber Charlie hatte Nachtschicht gehabt. Wahrscheinlich schlief er sich aus. Doch konnte er denn wirklich bis in den Abend hinein pennen?

Unruhig marschierte Robert im Abendrot vor dem Tor auf und ab.

„Bobby, was ist eigentlich los mit dir?", fragte Alex auf einmal, der auf einem Toffee kauend am Torpfosten lehnte.

Toffees mochte Alex schon seit seiner Kindheit, weshalb er immer mindestens eine Tüte davon in seinem Gepäck mitführte. Niemals konnte Robert ein Toffee auch nur ansehen, ohne an seinen besten Freund zu denken.

„Nichts", antwortete er hastig, so dass sein Kumpel die Brauen skeptisch hochzog.

„Klingt absolut nicht nach nichts. Du eierst den ganzen Tag schon so rum. Was ist passiert?" Er kam ihm einen Schritt näher, wobei er Robert argwöhnisch musterte. „Hat Charlie irgendwas gemacht? Hat er dich betatscht?"

„Nein, natürlich nicht!", wehrte Robert sofort ab.

Er wollte vermeiden, dass sein Freund Charlie noch mehr Ärger machte, als er sowieso schon mit den Soldaten hatte.

„Was ist es dann? Seit gestern Abend bist du wie ausgewechselt!"

Alex' Blick war eindringlich, doch Robert wollte seine Gefühle nicht mit ihm teilen. Nicht einmal seine Gedanken, die ihn ja selbst so verwirrten.

„Ich weiß nicht. Vielleicht erwischt mich gerade der Lagerkoller. Das wird bestimmt bald wieder ...", begann er, sich herauszureden, doch da hupte auf einmal ein Lastwagen ganz in der Nähe.

Keine Sekunde später entdeckte Robert den LKW, der über die letzte Hügelkuppe auf das Lazarett zufuhr. Auf seiner Motorhaube prangte ein rotes Kreuz. Weitere Verwundete wurden geliefert.

Er ging aus dem Weg und wollte Alex befehlen, die Ärzte und Schwestern zu informieren, da rannte der bereits los, um Alarm zu schlagen.

Der Lastwagen hielt, auf Roberts Zeichen hin, knapp vor dem Tor an und der Fahrer wies sich aus. Robert eilte um den Krankentransporter herum und versicherte sich, dass es keine Falle war und gleich Dutzende feindlicher Soldaten herausgesprungen kamen. Doch darin lagen nur viele blutende, stöhnende Männer und Frauen in zerrissenen Uniformen und dazwischen drei Sanitäter, die versuchten, zu retten, was zu retten war.

„Weiterfahren! Weiter, los!", rief Robert nach vorn zum Fahrer, der nicht eine Sekunde zögerte.

Unter seinen Reifen spritzte Dreck, als er Gas gab und erst kurz vor der Halle zum Stehen kam. Dort hatte sich schon ein Großteil der Arztmannschaft versammelt und ein Verwundeter nach dem anderen wurde ausgeladen und in die Halle getragen oder davor abgelegt. Das Lazarett war in heller Aufregung und summte vor Geschäftigkeit wie ein Bienenstock.

Robert beobachtete das Treiben von seinem Posten aus, bis er auf einmal Charlies Gestalt durch den flimmernden Abend laufen sah. Sein Herz stolperte, worüber er innerlich die Augen verdrehte. Aber Charlie schien ihn nicht zu bemerken.

Genauso beschäftigt wie alle anderen, ging er zielstrebig zu einem Verwundeten, der auf dem Boden abgelegt worden war. Aus der Ferne sah er für Robert wie ein hoffnungsloser Fall aus, weshalb es ihn wunderte, dass Charlie direkt ihn ansteuerte und sich neben ihn in den Staub kniete.

Er sprach kurz mit dem Mann, dann machte er dieselbe Geste wie am Morgen bei dem sterbenden Soldaten. Die Hand glitt in ausreichender Entfernung über das Gesicht, dann fuhr sie zu seiner Brust.

War der Soldat eben gestorben?!

Robert drückte den Rücken durch, als der Pfleger aufstand und zum nächsten Soldaten ging.

Dieselbe Geste.

Das konnte doch nicht wahr sein! Er musste sich täuschen!

Hastig lief Robert auf den Platz zum Lastwagen, um sich selbst davon zu überzeugen. Charlie war zielstrebig zu einem dritten Soldaten gegangen und kniete sich neben ihn. Währenddessen ließ Robert den Blick zu dem ersten Verwundeten wandern. Er war tot. Dann zum zweiten. Ebenso tot.

Fassungslos wandte er sich zu Charlie um, der dem dritten Soldaten seine ganze Aufmerksamkeit schenkte.

„Es tut mir leid, Private Dauner. Du hast sehr tapfer gekämpft", sagte er und hob schon die Hand, da schrie Robert: „Nicht!!"

Sein Ruf hallte über den gesamten Platz. Alle mussten ihn hören. Er nahm sein Maschinengewehr in den Anschlag und zielte auf Charlie. Der blickte erstaunt auf.

„Schluss damit! Geh von ihm weg! Er wird nicht dein Opfer!"

„Mein Opfer?", hakte Charlie ungläubig nach und nickte auf den verwundeten Soldaten vor sich. „Er wurde ein Opfer des Krieges. Er ist bereits tot, Robert."

„Er ...?"

Ungläubig trat Robert näher, um den Mann auf der Trage betrachten zu können. Charlie sagte die Wahrheit: Der Mann war tot.

Verwirrt ließ er das Maschinengewehr sinken.

„Aber du hast ... ich habe doch gesehen, wie ...", stammelte er.

Hatte er es sich eingebildet? Waren diese drei Männer bereits tot gewesen, als Charlie zu ihnen gegangen war? Dabei war er sicher gewesen, dass er eben noch mit einem der Soldaten gesprochen hatte …

Charlie allerdings machte nun die Geste, die er auch bei den anderen beiden gemacht hatte. Ungläubig schüttelte Robert den Kopf.

„Irgendetwas stimmt mit dir nicht", sagte er überzeugt. „Ich bin mir sicher, dass hier etwas faul ist."

Er hob sein Gewehr und zielte damit auf Charlies Brust.

„Du wirst dich ab jetzt von allen Verwundeten fernhalten, hast du verstanden?! Ich nehme dich fest! Du machst nicht weiter mit dem, ... was auch immer du seit gestern hier machst!", blaffte er mit einer plötzlichen Wut, die ihn ganz schwindlig machte.

Aber endlich hatte er es verstanden. Charlie war nicht hier, um sich um verletzte Soldaten zu sorgen. Er war hier, um sie umzubringen! Bisher hatte er ihn nur bei Toten gesehen. Jeder Soldat, bei dem er gesessen hatte, war gestorben. Dass er darauf nicht schon früher gekommen war!

Er war wütend auf sich selbst, weil er diesen Männern vielleicht das Leben hätte retten können! Aber das war jetzt vorbei. Charlie würde keinen seiner Kameraden mehr umbringen! Dass er sich so in dem Mann getäuscht hatte ... Und er hatte sich zu ihm hingezogen gefühlt! Was für ein Fehler!

Entschlossen deutete Robert mit dem Lauf seiner Waffe nach links, weg von dem LKW, weg von den Verwundeten.

„Da rüber, los!", befahl er hart.

Das fühlte sich wesentlich besser an als das Bangen des vergangenen Tages. Das fühlte sich nach dem Leben an, das er verstand!

Charlie erhob sich langsam. Sein eindringlicher Blick verursachte Robert direkt körperliches Unwohlsein.

„Ich bringe niemanden um, Robert. Du verstehst nur nicht, was hier passiert", sagte er sacht, während er keinen einzigen Schritt in die Richtung machte, in die Robert ihn zwingen wollte. Er hob nicht einmal die Hände angesichts der Waffe, die auf ihn gerichtet war.

„Ich verstehe genug!", schnappte Robert, aber Charlie schüttelte behutsam den Kopf.

„Du verstehst nichts. Weder diese Situation noch mich. Und wahrscheinlich nicht einmal dich selbst", entgegnete er ruhig. „Ich habe dir angesehen, wie verwirrt du warst. Ich weiß, wie sehr du dich nach Antworten sehnst, warum du fühlst, wie du fühlst, wenn ich in deiner Nähe bin."

Charlies Miene wurde ernster.

„Ich habe Antworten auf all deine Fragen, Robert", sagte er unerwartet. „Und ich werde sie dir geben, wenn du sie hören willst. Allerdings gibt es danach kein Zurück mehr. Wenn du sie einmal kennst, kann ich sie nicht zurücknehmen."

„Sag sie mir!", verlangte Robert sofort.

Charlies Worte hatten genau den Kern dessen getroffen, was ihn so umtrieb. Charlie wusste, was hier vor sich ging. Er war vielleicht sogar dafür verantwortlich. Und Robert würde den Teufel tun, dem nicht auf den Grund zu gehen!

Es war ihm egal, was danach war. Er wollte nur endlich wissen, was hier los war. Warum er sich so seltsam fühlte. Warum er diese Dinge dachte. Warum ihn immer wieder Bilder von Situationen überfielen, die er definitiv nie erlebt hatte!

Er wollte Antworten, weil er sonst verrückt werden würde!

Charlie musterte ihn für einige lange Sekunden, dann nickte er.

„In Ordnung. Aber nicht hier." Er trat zwei Schritte auf Robert zu und zeigte auf einen Hügel außerhalb des Lagers. „Wir gehen dorthin."

Versichernd richtete Robert den Lauf seines Gewehres auf Charlies Gesicht. Das klang verdammt nach einer Falle!

„Ich kann das Lazarett jetzt nicht verlassen! Ich habe noch Wachdienst bis ...", wandte er verärgert ein, aber Charlie hob beruhigend die Hand und sagte: „Niemand wird merken, dass wir nicht da sind."

Im selben Moment verstummten alle Geräusche. Es wurde totenstill.

Bebend blickte Robert sich um. Niemand bewegte sich mehr. Die Verwundeten wimmerten nicht mehr, die Schwestern liefen nicht mehr geschäftig herum, die Ärzte gaben keine Befehle mehr. Der laue Wind war verstummt und am Himmel klebten Vögel, im Flug versteinert.

„Was ... was ist passiert?", krächzte Robert verständnislos und krümmte den Finger um den Abzug des Gewehres. „Hast du das gemacht?! Wie hast du das gemacht?! Mach es rückgängig, sofort!"

„Ich habe die Zeit für uns angehalten, damit uns niemand vermisst und du deinen Posten für eine Weile unbemerkt verlassen kannst", erklärte Charlie ihm gelassen.

„Du hast die Zeit angehalten?", echote Robert ungläubig. „Was zum Teufel bist du?! Ein Alien?"

„Nun, nein, das würde ich nicht sagen."

Charlie lächelte und auf einmal sah Robert wieder etwas unter seiner Haut durchschimmern. Doch diesmal machte es ihm eine Scheißangst.

Er zielte schussbereit genau zwischen die Augen des Pflegers, den das nicht im geringsten zu beeindrucken schien.

„Mach es rückgängig!", befahl Robert, so gefährlich er konnte. „Mach es rückgängig oder ich schieße!"

„Ich kann die Zeit anhalten, Robert. Was, glaubst du, können diese Kugeln gegen mich ausrichten?", gab Charlie zurück, dann trat er schlichtweg an ihm vorbei und winkte ihn hinter sich her.

Fassungslos starrte Robert ihn an. Wieso hatte dieser Kerl absolut keine Angst vor einer Maschinengewehrsalve in den Rücken? Offensichtlich fürchtete er nichts. Nicht Roberts Zorn, nicht den Tod. Aber wahrscheinlich war er wirklich ein Alien oder irgendeine Art von ... von was eigentlich? Der Kerl hatte die Zeit angehalten!

Robert zitterte, weil er dagegen sehr fürchtete, was nun auf ihn zukommen würde. Angestrengt löste er den verkrampften Zeigefinger vom Abzug und senkte die

Waffe. Dann machte er einige zögerliche Schritte hinter Charlie her.

Er sah Alex auf dem Platz stehen. Er hatte sich gerade gebückt, um einem Sanitäter zu helfen, einen Verwundeten hochzuheben. Aber auch er war in der Zeit eingefroren.

Robert lief eine Gänsehaut über den kompletten Körper.

„Komm, Robert, wir haben nicht unendlich viel Zeit", sagte Charlie mit einem kurzen Blick auf ihn zurück, während er nonchalant durch das Tor ging.

Robert schüttelte sich, weil ihn auf einmal eine unglaubliche Angst befiel. Vielleicht kehrte er von diesem Ausflug nicht zurück? Es war doch möglich, dass Charlie – oder wer immer er auch war – ihn nur strategisch günstig platzieren wollte, ehe er ihn umbrachte. Damit niemand jemals seine Leiche fand!

Andererseits hatte dieser Kerl die Soldaten vor seinen Augen umgebracht und niemand hatte es gemerkt.

Bebend riss Robert sich zusammen. Er hatte ein vollständig geladenes Maschinengewehr bei sich. Er hatte ein Kampfmesser in seinem Gürtel und außerdem noch eine durchgeladene Pistole im Holster. Wenn es hart auf hart kam, konnte er sich diesen Kerl wohl lange genug vom Hals halten, um ins Lager zurückzukehren. Irgendwie würde er das schon schaffen.

Er atmete ein letztes Mal tief ein, dann folgte er Charlie.

Tod spürte, wie sehr Robert zauderte. Aber er wusste, dass dieses Band zwischen ihnen noch immer bestand. Er würde nicht auf Tod schießen, trotz allem, was Robert eben entdeckt zu haben glaubte – und selbst wenn, würde es nichts ändern. Tod war schon einige Male angegriffen worden, wenn er versucht hatte, eine Seele abzuholen. Doch menschliche Waffen konnten ihm keinen Schaden zufügen. Sie zerrissen wohl die Illusion, die er von sich aufgebaut hatte, aber sie verletzten ihn nicht.

Zügig ging er den kleinen Hügel hinauf, während das Abendrot eingefroren am Himmel leuchtete.

Völlig unerwartet traf ihn eine Erinnerung von Mbaku, der ihm den afrikanischen Sternenhimmel in einer klaren Nacht zeigte. In der Ferne heulte ein Hund. Vor ihm brannte ein Lagerfeuer. Eine schöne Frau saß gegenüber am Feuer, die ihn anlächelte. Mbakus Gefühle für sie waren eindeutig. Es hätte das Kribbeln in seinem Bauch nicht mehr bedurft, um Tod wissen zu lassen, dass er sie liebte.

„Ja, mein Freund, solche Augenblicke sind es wert, die Strapazen des Lebens auf sich zu nehmen", lächelte Tod leise.

Endlich erreichte er den Hügelkamm und ging ein Stück weiter bis zu dem krummen, kümmerlichen Baum. Dort blieb er stehen und wartete, dass Robert zu ihm aufschloss.

Argwöhnisch und schwer atmend sah er Tod an, die Hand noch immer an der Waffe.

„Du brauchst dich nicht zu fürchten, Robert, dir wird nichts geschehen", versprach er freundlich. „Ich will dir Antworten liefern und dir nicht dein Leben nehmen."

„Das würdest du mit deinem eigenen bezahlen", versicherte Robert, auch wenn Tod sehen konnte, wie sehr er vor Angst zitterte. Trotz allem war er mutig, wie er schon immer mutig gewesen war.

Tod lächelte.

„Ich kann nicht sterben, Robert. Das liegt nicht in meiner Natur", eröffnete er ihm.

Darüber runzelte der Soldat die Stirn.

„Du kannst nicht sterben? Was bist du? Ein Zauberer? Ein Alien? Oder ... oder hältst du dich für so eine Art Gott?"

„Nein, nichts davon. Nicht einmal annähernd."

Tod konnte sich ein Schmunzeln nicht verkneifen. Für Gott hatten ihn schon einige Seelen gehalten. Jetzt musste er Robert endlich sein Vertrauen zurückgeben. Oder zumindest ein paar Antworten, wie er es ihm versprochen hatte.

„Robert, ich habe diese Männer nicht umgebracht. Sie sind gestorben und in der Sekunde ihres Ablebens habe ich ihre Seelen an mich genommen. Denn das ist, was ich bin. Ich sammle die Seelen ein und bringe sie nach Anderswo."

Ernst blickte er Robert in die Augen. Er sah sein eigenes Spiegelbild darin und es gefiel ihm gar nicht. Die finale Eröffnung wollte er nicht in diesem Körper aussprechen.

Deshalb wandelte er seine Erscheinung nun in seine liebste Hülle des großen Mannes im schwarzen Mantel und sagte erst dann: „Ich bin der Tod, Robert."

Erschrocken prallte der Soldat zurück und hob seine Waffe.

„Hör auf damit! Hör sofort auf, mir ständig diese Bilder zu schicken! Das bist doch du, oder?!", brüllte er wütend und gleichzeitig verzweifelt in seiner Hilflosigkeit.

Einen Moment überlegte Tod, was er wohl meinte. Doch dann wurde es ihm klar. Die Erinnerungen kehrten langsam zu Robert zurück.

„Nein, die Bilder, die du siehst, erhältst du nicht von mir. Es sind Erinnerungen aus einem anderen Leben. Aus einem früheren Leben, in dem wir uns bereits begegnet sind."

Ungläubig riss Robert die Augen auf und starrte ihn an.

„Ein früheres Leben? Das heißt, ich war schon einmal ..."

„Ja, du hast bisher nicht nur ein Leben gelebt. Und in einem davon kannten wir uns. In dieser Gestalt." Tod wies auf seine Erscheinung. „Mein Anblick bringt etwas in deiner Seele in Bewegung, bringt die Erinnerungen zurück. Deshalb siehst du diese Bilder."

„Du hast diese Geste heute Morgen über einer Toten gemacht", antwortete Robert dumpf und imitierte die Handbewegung, mit der Tod die Seelen einsammelte. Er machte sie schon so lange, dass sie völlig automatisch passierte.

„Damit nehme ich die Seelen an mich", erklärte Tod sanft, wobei er die Hand ausstreckte. Dann führte er sie zu seiner Brust und fuhr fort: „Und so verwahre ich sie in meiner Brust."

„Du nimmst die Seelen ...", echote Robert tonlos.

Tod hatte ein wenig Sorge, dass er diese Antworten nicht verarbeiten konnte. Ob er an der Schwelle zum Wahnsinn stand?

Roberts Blick klärte sich.

„Hast du gerade wirklich gesagt, du seist der Tod?", platzte er ungläubig heraus. In seiner plötzlich zutage tretenden Erinnerung schien diese Information untergegangen zu sein.

Tod nickte.

„Du? Du *bist* der Tod?"

Tod nickte wieder.

„Aber wie ... ich meine ... warum ... warum sehe ich dich? Warum bist du hier? Warum hast du wie dieser andere Kerl, dieser Pfleger, ausgesehen? Warum machst du das alles?!"

Sein Gegenüber versuchte krampfhaft, die ganzen Informationen zu verarbeiten. Versuchte, einen Sinn daraus zu ziehen, eine Erklärung dafür zu finden. Aber daran musste er scheitern. Immerhin hatte er in seiner irdischen Existenz die Leibhaftigkeit des Todes bisher nicht einmal für möglich gehalten.

„Ich mache das, weil es meine Aufgabe ist. Dafür wurde ich erschaffen. Das ist, was ich tue. Ich habe mir das Aussehen von Charlie gegeben, um mich unter die Menschen mischen zu können, während ich meine Arbeit erledige. Ich bin gern unter Sterblichen, ich mag ihre Geschäftigkeit und ihr Geschwätz. Und ich bin hier ... nun, weil es hier momentan viele Tote gibt und ich so bereits an Ort und Stelle bin. Außerdem bist du hier. Das hat nicht unwesentlich zu meiner Entscheidung beigetragen", versuchte er, alle Fragen zu beantworten.

„Ich? Willst du meine Seele etwa auch holen?", hakte Robert alarmiert nach. Unbewusst hob er den Lauf seiner Waffe ein wenig.

„Nein." Tod lächelte sanft. „Dich will ich niemals holen. Am liebsten wäre es mir, du könntest für immer leben, damit ich in deiner Nähe sein kann."

„In meiner Nähe? Ich verstehe nicht …"

Roberts fragende Miene machte Tod bewusst, dass er seinem kleinen, menschlichen Gehirn zu wenig gab, um damit arbeiten zu können.

„Robert, in einem anderen Leben waren wir uns sehr nah. Wir waren ein Paar. Wir haben uns geliebt. Sehr geliebt. Bis … nun, bis es zu Ende ging und ich deine Seele hinüber begleiten musste."

„Aber wie …"

Robert stolperte rückwärts, verlor den Halt und plumpste auf den Hintern.

Seine Augen waren geweitet und Tod hätte gewettet, dass er gerade wieder eine Erinnerung aus einer fernen Zeit durchlebte.

Vorsichtig ging er auf den Soldaten zu und streckte ihm die Hand hin. Robert allerdings sah ihn entgeistert an.

„Ich hab … du hast mich … geküsst", stammelte er, so dass Tod sanft lächelte.

„Das ist wahr", gestand er. „Ich sagte dir doch, dass wir ein Paar waren und uns sehr geliebt haben."

„Wo war das? Oder wann?" Robert blinzelte irritiert. „Die Hütte, in der wir waren, sah so … so …"

„Es war zu der Zeit, die ihr Mittelalter nennt, mein Lieber", erklärte Tod und nahm nun einfach seine Hand, um ihn auf die Beine zu ziehen. Widerwillig ließ Robert es geschehen. Er hob sofort wieder sein Gewehr in Anschlag, so dass Tod seufzte und die Mündung mit einer beiläufigen Bewegung nach unten drückte.

„Ich sagte dir doch, dass diese Waffen keine Wirkung auf mich haben. Man kann mich nicht umbringen."

„Das haben wohl schon welche versucht?", hakte der Soldat nach. Tod zuckte mit den Schultern.

„Immer mal wieder. Aber das ist ein Vorhaben, das niemandem gelingen kann."

Sein Gegenüber räusperte sich.

„Also ... also waren wir zusammen? Im Mittelalter? Wurden wir da nicht verfolgt? Ich meine, zwei Männer, die ..."

„Oh nein." Tod lachte verhalten. „Ich habe vergessen, dir zu sagen, dass du in diesem früheren Leben eine Frau warst. Eine wunderschöne und mutige Frau."

„Äh, okay ...", machte Robert nur, dem dieser Gedanke eindeutig nicht behagte.

Tod aber lächelte erneut und streckte die Hand nach ihm aus. Er berührte Roberts Schulter sacht mit einem Finger, womit er ihm eine seiner Erinnerungen an seine Geliebte weitergab. Robert sollte sein vergangenes Selbst mit Tods Augen sehen. Der Soldat japste.

„Das kam aber jetzt von dir!", beschuldigte er Tod, der amüsiert zustimmte.

„In der Tat. So habe ich dich in Erinnerung von damals."

Robert räusperte sich erneut, als wollte er einen Kloß im Hals vertreiben.

„Ich habe ... Ich habe dich auch geliebt?", fragte er, was Tod bejahte.

„Vielleicht tust du es noch. Es würde zumindest erklären, warum du nicht schlafen konntest und pausenlos an mich gedacht hast. Warum du mich so seltsam angesehen hast in der ganzen Zeit, die wir uns nun kennen."

„Kann das überhaupt sein? Dass ich ... na, dass Gefühle aus einem anderen Leben ...“

„Natürlich.“ Tod sah ihn ernst an. „Deine Seele weiß alles aus den zahlreichen Leben, die sie gelebt hat. Die Erinnerungen sind nur verborgen. Es gibt Menschen, die willentlich darauf zugreifen können. Manchen schenke ich die Gabe, sich an mich zu erinnern. Das tue ich ab und an bei lieben Freunden, damit sie mir nicht feindselig begegnen, sobald sie mich sehen. Und bei manchen Seelen war die Liebe zu einer anderen Seele so stark, dass sie sie in jedes andere Leben mitnehmen. Sie dringt wieder an die Oberfläche, wenn sie derselben Seele erneut begegnen.“

„Und das ist es, was mir jetzt passiert?“, hakte Robert skeptisch nach. „Hast du überhaupt eine Seele?“

„Nein“, antwortete Tod belustigt. „Ich glaube, ich habe keine Seele. Dafür bewahre ich die Seelen, die ich eingesammelt habe, in meiner Brust auf. Wenn dort eine Seele wäre, könnte ich die anderen nicht aufnehmen. Und außerdem: Hätte ich eine Seele, müsste sie auch eines Tages abgeholt werden. Doch außer mir kann das niemand.“

„Also habe ich mich in ein seelenloses Wesen verliebt?“ Robert runzelte die Stirn. „Damals, meine ich.“

Tod lächelte. Noch immer wollte er nicht zugeben, dass er vielleicht Gefühle für Tod hatte.

„Sieht ganz danach aus. Aber immerhin hast du es fertiggebracht, einem seelenlosen Wesen das Lieben zu lehren.“

Darüber dachte Robert kurz nach, dann grinste er.

„Das ist meinem Sexappeal geschuldet.“

Tod lachte und war für eine Sekunde versucht, die Hand an seine Schulter zu legen. Aber er verkniff es sich, weil er nicht wollte, dass Robert sich angemacht vorkam.

„Also ... ähm ... du ... wie soll ich das sagen ...“

Der Soldat stieß hilflos die Luft aus. Tod machte eine auffordernde Geste.

„Einfach raus damit. Ich habe dir Antworten auf all deine Fragen versprochen.“

„Du hast ... hast noch Gefühle? Für mich?“, brachte er verlegen hervor. Tod nickte ungerührt.

„Ich bestehe seit Anbeginn der Zeit, Robert, und habe nur ein einziges Mal in all der Zeit geliebt. Und diese Liebe wird niemals aufhören“, sagte er ehrlich.

„Puh, wow.“ Ein vorsichtiges Lächeln huschte über Roberts Lippen. „Das ist echt krass.“

„Ja, das ist es.“

Tod lächelte ebenso. Für einen Moment trafen sich ihre Blicke und Robert wurde in der aufziehenden Dunkelheit ein wenig rot. Er war in diesem Leben genauso betörend wie in dem letzten, das Tod mit ihm verbracht hatte.

„Wie ... wie ist denn nun eigentlich dein Name?“, hakte Robert auf einmal nach, so dass Tod die Brauen hochzog. „Heißt du Charlie? Oder wie soll ich zu dir sagen?“

„Nun, Tod, würde ich sagen. Ich bin der Tod. Einen anderen Namen besitze ich nicht.“

„Nur Tod?“ Diesmal rümpfte Robert die Nase. „Wie hab ich dich denn im Mittelalter genannt?“

Darüber musste Tod tatsächlich grinsen.

„Liebster.“

Robert ächzte und Tod lachte verhalten.

„Das ist so seltsam für mich, verstehst du? Da sind Gefühle. Echte Gefühle. Aber du ... du bist dieser riesige, furchteinflößende Kerl ..." Der Soldat kratzte sich am Kopf.

„Wenn dich meine Gestalt stört, kann ich sie für dich ändern", schlug Tod vor und verwandelte sich noch in derselben Sekunde in eine junge Frau mit dunklem langen Haar und einer anziehenden Figur. Er schrumpfte, bis er eine Handbreit kleiner war als Robert und blickte ihn dann fragend an.

„Ist das mehr nach deinem Geschmack?"

Doch sein Gegenüber sah eher verunsichert als erfreut aus.

„Ich weiß nicht. Es ist komisch zu wissen, dass da ein Mann drinsteckt."

„Ein Mann." Tod schüttelte den Kopf. „Im eigentlichen Sinne bin ich kein Mann. Ich bin nichts. Meine ursprüngliche Gestalt hat nichts mit der der Menschen gemeinsam. Ich habe kein Geschlecht. So wie eine Seele kein Geschlecht hat, sondern nur der Körper, in den sie geboren wird. Ich suche mir aus, als was ich erscheinen will."

„Hmh, okay."

Trotz allem wirkte Robert nicht überzeugt.

„Wäre es dir lieber, wenn ich wieder in ...", begann Tod, da nickte der Soldat auch schon: „Ja, bitte!"

Also wechselte Tod in seine Lieblingsgestalt zurück.

„Du hast vorhin noch etwas gesagt ...", überlegte Robert nun. „Dass du Seelen in deiner Brust aufbewahrst. Was machst du mit ihnen? Bleiben die für immer dort?"

„Dann wäre ich ja das Anderswo." Tod grinste und schüttelte gleich darauf den Kopf. „Nein, ich entlasse sie jede Nacht hinaus und begleite sie bis ins Anderswo.“

„Und ... und wie?“, hakte Robert nach. „Darf ich das überhaupt wissen?“

„Natürlich. Früher habe ich dich oft mitgenommen. Willst du es sehen?“, hakte Tod freundlich nach und Robert nickte sofort.

„Dann komm.“

Tod winkte ihn mit sich zu dem kleinen, knorrigen Baum und der Soldat folgte ihm.

„Würdest du wohl deine Waffe zur Seite legen, Robert? Ich habe viele Soldaten hier, die im Kampf gefallen sind, und möchte ungern, dass sie sich fürchten“, bat Tod, so dass sein Gefährte schnell das Maschinengewehr zwischen zwei Büsche legte. Ein verlegenes Lächeln zog sich über seine Lippen. Sobald er neben Tod trat, berührte dieser kurz seine Hand mit den Fingerspitzen.

Tod spürte, wie er schauderte, und erklärte: „Das war nötig, damit die Seelen für dich sichtbar sind. Verzeih mir.“

„Nein, schon okay. Jedes Mal, wenn du mich berührst, ist das nur wie ... als würde mich etwas ganz tief drin überrollen.“

Bezeichnend legte der Soldat die Hand auf die Brust, in der offenbar die Gefühle tobten.

„Du sagtest mir einst, dass man das, was einen da überrollt, Liebe nennt.“

Tod zwinkerte, dann richtete er den Blick ins Abendrot und machte eine kurze Geste mit der Hand.

Der Himmel verdunkelte sich, das letzte Glühen der Sonne verschwand und die ersten Sterne begannen am Firmament zu funkeln.

Tod atmete tief ein, ehe er die Hand an die Brust legte und die Seelen herausholte. Die kleinen, roten Kugeln füllten bald seine Hand, dann auch die zweite.

„Das sind Seelen?", fragte Robert ehrfürchtig neben ihm und er nickte.

„So viele!", staunte Robert. „Sind das alles Soldaten?"

„Nein. In jeder Sekunde sterben auf dieser Welt zwei Menschen. Viele in diesem Krieg, aber noch viel mehr in jedem Teil der Erde. Ich hole sie alle und sammle sie in meiner Brust."

„Wie machst du das? Ich meine, du kannst doch nicht überall gleichzeitig sein. Und wir haben doch gestern Abend bestimmt eine Stunde in der Kantine gesessen. Du hast dich nicht ein Mal wegbewegt!", überlegte Robert aufgeregt. „Hast du die Seelen während dieser Zeit einfach nicht abgeholt?"

„Natürlich habe ich das. Ich habe bisher jede Seele geholt, deren irdisches Ende gekommen ist. Du musst wissen, ich kann die Zeit nicht nur anhalten, sondern auch durch sie reisen, wie es mir beliebt. Nicht weit, höchstens einen Tag, aber der reicht, um alle Seelen aufzubewahren und zu begleiten", erklärte Tod sacht.

Er pustete vorsichtig auf seine Hände, weil ein oder zwei Kugeln noch immer orange leuchteten.

„Liebe Seelen, das ist mein Freund Robert. Er war sehr gespannt, euch alle kennenzulernen. Er möchte euch auf eurem Weg ins Jenseits zusehen. Seid ihr einverstanden?", fragte Tod sie um Erlaubnis, weil er es als Frechheit empfunden hätte, wenn er es nicht getan hätte.

Vor Aufregung begannen einige Seelen zu pulsieren, so dass auf seinen Handflächen ein kleines Durcheinander entstand und eine Seelenkugel beinahe abgestürzt wäre. Aber Tod hob rechtzeitig den Daumen, um das zu verhindern.

„Hoppla, kleines Seelchen, sei vorsichtig. Hier draußen ist es dunkel und kühl. Bleibe lieber bei deinen Gefährten", sagte er sanft, dann blickte er zu der kräftig roten Seele von Mbaku. „Mbaku, mein Freund, pass auf eurem Weg bitte ein bisschen auf diese junge Seele auf. Sie geht zum ersten Mal zurück."

„Es gibt neue Seelen? Wie entstehen sie?", wollte Robert neugierig wissen, doch darüber konnte Tod nur lächeln: „Für Fragen zur Entstehung bin ich leider der falsche Ansprechpartner. Ich beende lediglich und führe zurück."

„Ansprechpartner? Wen sollte ich denn sonst dazu befragen? Gibt es noch andere wie dich?"

„Genau eine." Tod zwinkerte ihm zu. „Aber jetzt schicken wir unsere Seelen erst einmal auf die Reise."

Der Himmel war inzwischen gänzlich schwarz geworden und immer mehr Sterne leuchteten herunter. Selbst der Mond strahlte überraschend hell dafür, dass er nur zur Hälfte sichtbar war.

„Geht auf die Reise, meine Seelen, und wisset, dass ich über euch wache, bis ihr euer Ziel erreicht habt", sagte Tod sanft, erhob beide Hände und pustete sacht.

Wie jede Nacht stiegen die kleinen, roten Seelenkugeln zum Firmament hinauf.

Robert machte ein erstauntes Geräusch und Tod blickte liebevoll zu ihm hinüber. Er hatte den starken Drang, den Arm um ihn zu legen, wie er es damals so oft getan hatte, wenn er mit seiner Liebsten den heimkehrenden Seelen zugesehen hatte.

Aber er wagte es nicht.

Dafür trat Robert nun kaum merklich näher zu ihm, bis sich ihre Oberarme warm berührten.

Ein plötzliches, warmes Gefühl der Liebe durchfuhr Tod und er sah Robert mit großen Augen an, der verlegen lächelte.

„Ich hab das Gefühl, das muss jetzt so sein."

„Das Gefühl habe ich auch", stimmte Tod leise zu und wagte es doch, den Arm vorsichtig um seine Schultern zu legen. Robert zuckte nicht zurück, er bewegte sich nicht ein Stück.

Es war wunderbar, ihn so nah an sich zu spüren!

Wie viele Jahre war es her, dass er dieses Gefühl von Geborgenheit gehabt hatte? Wie viele Seelen hatte er seither begleitet, wie viele Augen geschlossen, wie viele Hände gehalten? Eine wohlige Wärme breitete sich jetzt in ihm aus.

„Du bist überraschend einfühlsam", sagte Robert, als die Seelenkugeln bereits aus ihrem Sichtfeld verschwunden waren.

„Was hattest du denn erwartet?", fragte Tod lächelnd.

„Keine Ahnung. Aber das sicher nicht", gestand Robert amüsiert und sah zu ihm auf. „Als du dem Soldaten im Lazarett das Haar gestreichelt hast ... Das war schon ziemlich seltsam. Deshalb haben sich die anderen auch so über dich lustig gemacht."

Tod wiegte den Kopf.

„Seine Mutter hat auf diese Weise sein Haar gestreichelt, wenn er als Kind nicht einschlafen konnte. Er fühlte sich so verloren, da musste ich ihm ein wenig Linderung verschaffen."

„Wirklich? Darum hat er dich gebeten?" Robert runzelte die Stirn, aber Tod schüttelte den Kopf.

„Nein. Er hat mich nicht darum gebeten. Er hätte mir das auch niemals erzählt. Aber ich weiß diese Dinge einfach. Ich kann in den Seelen lesen, was sie tröstet. In den meisten zumindest. Oft reicht es, da zu sein. Niemand will allein sterben."

„Ich hätte nicht gedacht, dass der Tod sich solche Gedanken darum macht", gestand der Soldat beeindruckt.

„Aber genau das ist doch meine Aufgabe, Robert. Ich hole sie aus ihren Körpern und dann wärme ich sie, damit sie rot und kräftig ihre Reise beginnen können. Verängstigte Seelen sind weiß, blau, gelb oder orange. Je roter sie werden, desto besser geht es ihnen. Und ich habe noch niemals eine weiße, blaue oder gelbe Seele auf die Reise geschickt."

„Das ist wirklich nett von dir." Robert grinste und Tod nickte.

„Ich bin ein netter Kerl."

Darüber musste sein Gefährte lachen und drückte sich ein wenig enger an ihn. Tod schauderte wohlig. Doch plötzlich überkam ihn ein ganz anderes Gefühl und er blickte alarmiert in den Himmel.

„Die junge Seele! Sie kommt vom Weg ab! Bitte entschuldige mich!"

Auf einmal stand Robert allein auf dem Hügel. Tod hatte sich in ... nun ja, in eine Art Sternschnuppe verwandelt und war gen Himmel gezischt. Das war so schnell gegangen, dass Robert kein Wort hatte sagen können.

Erstaunt blickte er der Sternschnuppe hinterher, bis er sie aus den Augen verlor.

Hinter ihm raschelte es.

War die Zeit nun weitergelaufen, da Tod sich nicht mehr auf der Erde befand? Hatte ihn jemand aus dem Lager gesehen?

Hastig duckte er sich hinter den knorrigen Baum und tastete mit einer Hand nach seinem Gewehr, das hier irgendwo liegen musste.

„Bemüh dich nicht. Mich kannst du damit genauso wenig töten wie ihn", erklang auf einmal eine Frauenstimme und Robert fuhr herum.

Vor ihm stand eine wunderschöne Frau, die in der Dunkelheit seltsam zu leuchten schien. Sie war weißblond und ihre Haut fast durchscheinend, was ihr ein überirdisches Glühen verlieh. Ihre unglaubliche Figur wurde von einem schlichten, weißen Sommerkleid betont.

„Wer ...", begann er, aber da umarmte ihn die glühende Frau auch schon.

„Es ist schön, dich wiederzusehen, Robert. Nach all den Jahren."

Sie lächelte. Ihre Umarmung war warm und gleichzeitig nicht mehr als ein Windhauch.

„Ich ... entschuldige, ich weiß wirklich nicht ...", stotterte er, aber sie stellte sich bereits vor, nachdem sie sich von ihm gelöst hatte.

„Ich bin das Leben. Tods engste und wahrscheinlich einzige Freundin. Abgesehen von dir natürlich."

„Das Leben?", wiederholte Robert ungläubig, doch auf einmal traf ihn eine Erinnerung.

In seinem anderen Leben hatte er sie gekannt! Er sah sie an einem kleinen Tisch sitzen, Tod über Eck zu ihr. Er erzählte ihr amüsiert irgendetwas, während er Roberts Hand hielt. Das Leben war ihr Gast gewesen?!

„Wie ich sehe, erinnerst du dich Stück für Stück."

Das Leben zwinkerte ihm zu, so dass er mit offenem Mund nickte.

„Manchmal ist es wirklich schade, dass ihr eure vorherigen Leben vergesst. Glaube mir, Tod wäre die glücklichste Seele der Welt, wenn ..."

„Seele?", unterbrach Robert sie erstaunt. „Er sagt, er habe keine Seele."

Darüber lachte die wunderschöne Frau hell.

„Dieser Dummkopf! Er *ist* eine Seele. Eine sehr mächtige und sehr alte Seele, die kein Körper beherbergen kann. Wie wenig er doch über sich selbst weiß, dafür, dass er seine kleinen Seelchen so gut kennt."

„Seelchen?" Robert schmunzelte. „Nennt er sie so?"

„Ja, das sagt er oft." Leben zwinkerte ihm zu. „Er liebt sie sehr. Jede einzelne kleine Seele, die er ins Jenseits bringt."

„Er ist bemerkenswert", gab Robert zu. „Ich hätte vom Tod nicht erwartet, dass er so ein großes Herz besitzt."

„Ja, das tut er." Leben nickte und musterte ihn für einen Moment nachdenklich. Dann nahm sie seine Hand und wurde ernst.

„Hör mir zu, Robert. Ich weiß, wie sehr du Tod liebst. Aber das zwischen euch kann auf Dauer nicht gut gehen. Er will dich um jeden Preis beschützen, obwohl er das nicht darf. Und er wird nur wieder etwas Dummes tun, um ..."

„Wieder?", hakte Robert ein.

Was bedeutete das? Hatte Tod schon einmal seinetwegen etwas Dummes getan?

„Ja, wieder. Es geht nicht gut aus mit euch. Das kann es gar nicht. Er ist unsterblich und hat eine wichtige Aufgabe und du ... du bist nun mal ein Sterblicher", erklärte sie unumwunden. „Deshalb musst du Abstand zwischen euch bringen. Sag ihm, dass ihr nicht zusammen sein könnt. Er muss gehen und sich wieder seiner Aufgabe widmen. Mit ganzem Herzen. Verstehst du das?"

„Ja, das verstehe ich. Aber was hat er denn das letzte Mal getan?" Robert wollte nicht lockerlassen.

„Er hat dich beschützt", gab Leben ernst zurück. „Und dafür beinahe alle Seelen dieser Welt geopfert. Deshalb, bitte, höre auf meine Worte und ..."

„Leben!"

Sowohl Robert als auch Leben wandten sich um.

Tod war zurückgekehrt, genauso lautlos wie er zuvor verschwunden war.

„Mein Lieber", begrüßte Leben ihn.

„Hast du sie einfangen können?", wollte Robert neugierig wissen, so dass Tod spöttisch lächelte.

„Natürlich, das ist meine Aufgabe. Das war nicht die erste junge Seele seit Anbeginn der Zeit, die einen Umweg nehmen wollte."

„Du hattest Mbaku dabei?", erkundigte sich Leben interessiert.

Tod nickte.

„Ja, er konnte gar nicht aufhören, mir seine Erinnerungen zu zeigen."

„Ach, der gute Mbaku." Leben lächelte. „Dann lasse ich euch wieder allein. Ich wollte Robert nur begrüßen."

„Du musst nicht gehen, meine Liebe ...", sagte Tod freundlich.

Sie wiederum blickte ihn ernst an.

„Aber du solltest gehen, Tod. Das hier kann keine Zukunft haben, wie du sie dir wünschst. Du weißt das doch."

Er seufzte tief und sah mit einem Mal bekümmert aus. Robert tat er unwillkürlich leid. Für einen Moment wünschte er sich, ihn trösten zu können. Völlig unerwartet hatte er wieder ein Bild vor Augen, wie er Tod in seinen Armen hielt. Der große Mann hatte sein Gesicht an Roberts Schulter vergraben und schien wirklich zu leiden.

„Ja, ich weiß das", gestand Tod, so dass Leben zufrieden nickte.

„Auf bald, mein lieber Freund. Bis bald, Robert."

Noch ehe Robert antworten konnte, veränderte sie ihre Form und sprang als weißes Reh in die Nacht davon.

„Wow!", machte er beeindruckt.

„Nun, sie ist das Leben, nicht wahr? Das Leben an sich ist beeindruckend."

Tod lächelte, doch er sah noch immer nicht so glücklich oder gelassen aus wie vor Lebens Worten.

„Ich habe gesehen, dass sie bei uns zu Gast war. Damals. Wir saßen an einem Tisch und du hast uns irgendwas erzählt", warf Robert hastig ein, um ihn vielleicht etwas ablenken zu können.

„Ja, sie kam uns ab und an besuchen. Meine einzige Freundin. Die Einzige auf diesem Planeten, die so ist wie ich", erklärte Tod wiederum mit einem schmerzlichen Lächeln.

Vorsichtig kam er Robert ein wenig näher, bis er den Arm um seine Schultern legen konnte. Und Robert mochte es. Diese verschüttete Liebe, die er bis vor ein paar Minuten noch nicht hatte greifen können, brach sich immer mehr Bahn in seinem Inneren. Sie tauchte auf wie ein U-Boot, das lange Zeit unter dem Radar geschwommen war. Und es fühlte sich gut an, endlich wieder das Sonnenlicht zu sehen. Nur dass in diesem Fall der Tod Roberts Sonne war.

Es war unglaublich. Es störte ihn schon beinahe gar nicht mehr, dass Tod ein Mann war. Oder sich zumindest in der Gestalt eines Mannes zeigte. Diese Liebe überschwemmte ihn und er sehnte sich danach, Tod nah zu sein. Wirklich nah. So nah, dass er ihn nie wieder entbehren musste!

Ein wenig erschrocken über diesen Gedanken blickte er Tod an. Nie wieder war eine verdammt lange Zeit. So hatte er noch niemals über jemanden gedacht. Zumindest nicht in diesem Leben.

Verdammt. Er war in den Tod verliebt! So richtig verliebt! Und es wurde von Augenblick zu Augenblick stärker!

Deshalb musste er ihn aufheitern! Es quälte sein eigenes Herz, Tod so traurig zu sehen.

„In meiner Erinnerung sahst du richtig glücklich aus", sagte er und legte seinerseits den Arm um Tods Mitte.

Es war seltsam, aber nur im ersten Moment. Tods Miene hellte sich sofort auf und schickte Robert ein aufgeregtes Kribbeln durch die Brust.

„Ich war ja auch sehr glücklich mit dir", sagte er weich.

„Es fühlt sich so an, als wäre ich das auch gewesen", gestand Robert leise und sah zu Tod auf.

Dessen Gesicht war seinem eigenen überraschend nah gekommen. Unangenehm nah. Angenehm nah. Sein Atem beschleunigte sich unwillkürlich.

„Wie ..." Robert räusperte sich. „Wie ging es mit uns damals aus?"

Tod senkte den Blick, was ihn wieder von Robert entfernte. Nicht nur körperlich, auch ihre gerade aufkeimende, feinfühlige Verbindung brach für den Moment ab

„Wie es mit jedem Sterblichen ausgehen muss. Ich habe deine Seele geholt", antwortete Tod bedrückt. „Es war das Schwerste, was ich je tun musste."

„Oh, ach so."

Daran hatte Robert noch gar nicht gedacht. Es musste furchtbar sein, dem Menschen, den man am meisten liebte, die Seele aus dem Körper zu ziehen. Und dann ... hatte Tod Robert ebenso in seiner Brust verwahrt?

„War ich dort drin?" Robert hob die freie Hand und legte sie auf Tods Brust. Diese Geste fühlte sich erstaunlich vertraut an.

„Ja. Jedes Mal, wenn ich dich geholt habe."

„War das schön für dich? Oder schrecklich? Tut mir leid, dass ich so dumm frage, aber ich ..."

„Beides. Es war beides", sagte Tod schnell und das Lächeln auf seinen Zügen wirkte gezwungen. „Du erinnerst dich daran, wer ich bin, wenn du tot bist. Und dann teilst du deine Erinnerungen mit mir. Du zeigst mir dein Leben auf der Erde, du lässt mich an deinen Erfahrungen teilhaben. Für diese wenigen Stunden, in denen wir zusammen sein können, bin ich sehr glücklich. Aber gleichzeitig auch sehr traurig, weil ich weiß, dass ich dich bald wieder gehen lassen muss."

„Ich bin sicherlich auch traurig", antwortete Robert einem Gefühl folgend.

Schon jetzt überwältigte ihn die Einsamkeit, wenn er sich vorstellte, Tod auf einmal nicht mehr bei sich zu haben. Wo kam das denn her, zum Teufel?! Konnte er einen Fremden lieben, nur weil er ihn in einem vergangenen Leben getroffen hatte? Das war so verrückt, was hier geschah!

Und dennoch geschah es. Es war ein Wunder. Ein total verrücktes Wunder.

Robert wandte sich ein wenig um, damit er direkt vor Tod stehen und ihm in die Augen sehen konnte.

Tod lächelte beinahe entzückt und ließ den Arm von seinen Schultern rutschen, um beide Arme um Roberts Mitte zu legen.

Auch diese Berührung, diese leichte Umarmung, war Robert absolut vertraut. Er wollte mehr wissen! Er wollte einfach alles darüber wissen, wie es damals mit ihnen gewesen war, damit er das hier verstand!

„Hatten wir Kinder?", fragte er interessiert.

„Nein", sagte Tod ohne Bedauern in der Stimme. „Ich bin kein fleischliches Wesen. Ich kann keine Kinder zeugen. Aber das ist auch gut so, denn irgendwann würden sie sterben und ich weiß nicht, ob ich sie holen könnte."

Das klang einleuchtend.

„Es tat mir immer leid für dich, weil du so gern Kinder gehabt hättest", fügte er hinzu.

„Das stimmt. Ich will Kinder. Auch jetzt noch", gab Robert mit einem dünnen Lächeln zu.

„In deinen anderen Leben hattest du Kinder. Oft viele davon. Sie haben dich immer glücklich gemacht", erzählte Tod ruhig.

„Waren wir verheiratet? Wie lange waren wir zusammen?", hakte Robert weiter nach.

Tod hob eine Hand, um ihm zärtlich über die Schläfe zu streichen.

„Wenige Jahre nur. Du bist in dieser Zeit kaum gealtert. Und ehrlich gesagt, habe ich es versäumt, dich um deine Hand zu bitten, weil ich dieses Verlangen nicht hatte. Ich kenne diese Bräuche zwar, aber mir liegt nichts an den Konventionen der Menschen. Also hast du mich gebeten, dich zu heiraten."

Tod lächelte bei der Erinnerung sanft.

„Zeig es mir. Bitte", bat Robert leise, der zu gern gewusst hätte, wie das vonstattengegangen war.

„Willst du deine Erinnerung daran oder meine?", fragte Tod lächelnd.

Für einen Moment dachte Robert darüber nach, dann antwortete er: „Meine. Deine kannst du mir später zeigen."

„Später." Tods Miene wurde wieder trauriger. „Ich habe Leben versprochen, mich von dir fernzuhalten. Es wäre für uns beide besser. Ich weiß nicht, ob ich es noch einmal ertragen könnte, dich zu verlieren."

„Das würde aber ja heißen, dass wir niemals zusammen sein können", sagte Robert.

Das Bedauern, das sich in seine Brust schlich, erstaunte ihn nur noch wenig.

Wollte er das wirklich? Wollte er mit Tod zusammen sein? Seine Vernunft sagte ihm, dass das unmöglich und irre war. Aber sein Herz schrie laut Ja.

Er liebte ihn, das konnte er nicht mehr leugnen. Jede von Tods Berührungen und jeder liebevolle Blick fühlten sich für ihn an wie der Sonnenaufgang. Sein einziger Wunsch war es, Tods Glück zu sein.

„Das heißt es." Tod seufzte tief.

„Das nehme ich nicht hin, Tod. Ich spüre gerade erst, was es heißt, wirklich zu lieben! Ich will wissen, wohin das führt! Ich will wissen, wie ..."

„Ja, das will ich auch", unterbrach Tod ihn und lächelte sanft. „Wir müssen zurück, Robert."

„Was?" Das traf Robert nun völlig unvorbereitet. „Warum?"

„Weil die Stunde um ist. Ich kann dich nicht so lange aus der Zeit herausnehmen. Deine Lebenszeit läuft weiter ab, auch wenn ich die Zeit angehalten habe. Deshalb muss ich dich zurückbringen."

„In Ordnung."

Ein wenig vor den Kopf gestoßen nickte Robert. Er hatte doch noch so viele Fragen!

„Können wir uns morgen weiterunterhalten? Können wir uns treffen? Tod?"

„Ja, das können wir", gestand Tod ihm zu. „Ich kann mich sowieso nicht von dir fernhalten. Nicht jetzt, da ich weiß, dass du mich noch liebst."

„Ich liebe dich", bestätigte Robert und sah ihn ernst an. Sah in seine dunklen Augen mit den fein geschwungenen, schwarzen Brauen. Augen, die eine Seele widerspiegelten, die so sanft war, dass sie Sterbenden wie eine Mutter über das Haar strich.

Robert wusste ganz genau, warum er sich in diesem anderen Leben in Tod verliebt hatte. Er wusste es, weil er es wieder spürte.

„Das macht mich wirklich glücklich, mein Liebster."

Tod lächelte und Robert erwiderte die Geste.

Für einen Moment sahen sie einander in die Augen und Robert hoffte, dass er ihn küssen würde. Oder wenigstens in seine Arme ziehen.

Aber Tod sagte lediglich: „Wir müssen zurück. Komm."

Er ließ Robert los, trat zwei Schritte zur Seite und bückte sich nach dem Maschinengewehr auf dem Boden. Vorsichtig reichte er es Robert, der es inzwischen völlig vergessen hatte.

„Danke."

„Gern geschehen."

Tod legte seinen Arm um Robert, was diesem einen wohligen Schauer über den Rücken jagte, und nahm ihn mit sich den Hügel hinunter.

Im Lazarett herrschte absolute Stille. Alle Menschen standen noch immer an dem Platz, an dem Robert und Tod sie zurückgelassen hatten, auch wenn der Himmel inzwischen dunkel geworden war.

Nachdem sie das Tor durchquert hatten, ließ Tod Robert los.

„Ich bin immer in deiner Nähe. Wenn du mich brauchst, sag meinen Namen. Ich werde dich hören und kommen, sobald ich kann", versprach er.

Robert nickte.

„Danke, dass du mich mitgenommen hast, Tod."

„Danke, dass du mich begleitet hast. Es war ganz wie in alten Zeiten."

Er lächelte, dann trat er einen Schritt zurück und änderte seine Gestalt in Charlies.

Es war seltsam, weil Robert mit Charlie nicht diese starken Gefühle verband.

Doch der Pfleger zwinkerte ihm zu und begab sich daraufhin zu dem Platz neben dem letzten Verstorbenen.

Dann machte er eine Handbewegung und der Himmel hellte auf. Das abendliche Zwielicht, in dem sie vor einer Stunde den Hügel hinaufgegangen waren, setzte ein und auf einmal hoben auch alle Geräusche wieder an.

Für einen Moment überwältigten sie Robert nach der Stille, die ihn in der letzten Stunde umfangen hatte.

Er blickte kurz zu Charlie, der sich erhob, um zum nächsten Verwundeten zu gehen. Er sprach mit ihm, doch diesmal gab es keine Seelen-einsammel-Geste.

Seufzend wandte Robert sich um und ging zu seinem Posten zurück. Er hatte eine Menge zu verdauen.

Tod war froh, die Zeit angehalten zu haben. Auf diese Weise musste er nicht so viele verpasste Seelen abholen, als er endlich wieder an die Arbeit ging.

Mit seiner Frau hatte er sich damals beinahe jede Nacht diese eine Stunde gestohlen und er dachte gern an diese Zeit zurück. Manchmal hatte er alle seine Seelen für abgeholt und sicher in seiner Brust verwahrt. Danach war er den kompletten Tag in der Zeit zurückgereist, um neben ihr zu liegen, wenn sie aufwachte.

Es hatte Wochen gedauert, bis er sich sich an den Tagesablauf eines Menschen gewöhnt hatte. Es kam ihm seltsam vor, so gewöhnliche Dinge wie essen oder einkaufen zu tun. Er benötigte keine Nahrung und auch keinen Schlaf. Das war der Vorteil daran, keinen Körper zu besitzen. Allerdings konnte er seiner Liebsten auch nicht so nahe sein, wie es ein sterblicher Mann gekonnt hätte. Sicherlich war er mit allem ausgestattet, was man für die körperliche Liebe brauchte. Dennoch war er nicht aus Fleisch und Blut. Er verspürte weder Erregung, noch konnte er irgendeinen Höhepunkt erlangen.

Somit mussten sie sich damit zufriedengeben, einander im Arm zu halten und zu küssen. Wenn es seine Liebste zu sehr gequält hatte, hatte er ihr auf andere Weise süße Stunden verschafft. Zumindest das hatte er für sie tun können.

Sie hatte oft geweint, weil sie keine Kinder haben konnten. So sehr hatte sie es sich gewünscht und Tod hatte ihr ein ums andere Mal angeboten, dass sie sich einen anderen Mann, einen Sterblichen, nehmen sollte, der ihr all ihre Wünsche erfüllen konnte.

Doch das hatte sie zurückgewiesen, weil sie nur ihn lieben wollte. Sie wollte keinem anderen nahekommen und Tod sah das ein. Wenn es ihn auch nicht gestört hätte, schließlich war ihm ein Gefühl wie Eifersucht völlig fremd. Er war glücklich, wenn sie es war. Und das war schon mehr, als er sich jemals von seiner Existenz erhofft hatte.

Es waren wunderbare Jahre gewesen. Tod dachte jeden Tag an sie zurück, denn diese glücklichen Zeiten mussten reichen bis in die Ewigkeit. Außer er bekam jetzt vielleicht noch eine Chance …

Doch er mochte gar nicht richtig darauf hoffen.

Natürlich hatte er die Gefühle in Robert wiedererweckt, natürlich hatte er ihm gesagt, dass er ihn liebte. Die Furcht davor, sich wieder nicht regelkonform zu verhalten, trieb Tod um. Dass seine Liebe zu dieser einen, wunderbaren Seele, zu seiner wunderbaren Seele, ihn erneut dazu brachte, den Lauf der Welt in Gefahr zu bringen.

Diesmal war es sogar noch schlimmer! Robert war ein Soldat! In diesem Land trachtete ihm die Hälfte der Bevölkerung nach dem Leben!

Auch wenn Tod wusste, dass Robert noch ein langes Leben vor sich hatte, war der Drang, ihn zu beschützen, viel größer. Wenn er Menschen ansah, die er noch nicht abholen musste, konnte er schemenhaft ihren Lebensweg erkennen. Er wusste, was ihnen bevorstand, zumindest im Groben. Denn der Weg, den sie einschlugen, das Leben, das sie lebten, veränderte sich mit jeder Entscheidung, die sie trafen. Eins aber war fast immer gleich: Die Zeitspanne, die ihnen noch gewährt war. Es kam sehr selten vor, dass sich ihre Lebenserwartung auf einen Schlag verkürzte. Das passierte meist nur bei Selbsttötungen. Und die konnte niemand wirklich voraussehen. Nicht einmal Tod.

Doch Tod würde nicht damit umgehen können, wenn er auf einmal sah, dass Robert eine schlimme Zukunft in Kriegsgefangenschaft oder eine schwere Verletzung bevorstand.

Dann würde er einschreiten, auch wenn er das nicht durfte. Und genau das meinte Leben damit, dass es mit ihnen nicht gut gehen konnte. Er war bereit, für seine Liebe die Regeln zu brechen. Und was ihm dann blühte, hatte er im Mittelalter zur Genüge erfahren. Er durfte das nicht noch einmal tun. Er musste sich zusammenreißen. Er musste einfach!

Seufzend trat er aus dem Riss in der Wirklichkeit, zurück ins Lager. Es war bisher eine arbeitsame Nacht gewesen. Und dafür wollte er sich belohnen und nur kurz in Roberts friedliches Gesicht sehen.

Er wusste, dass sein Liebster schlief. Auch diese Dinge konnte er spüren. Ebenso wie er spürte, dass jemandes Zeit abgelaufen war. Es gab keine lange Liste, die ihm jeden Tag aufs Neue zugespielt wurde. Von wem auch? Eine Liste hätte bedeutet, dass es irgendwo um diesen Planeten herum eine Bürokratie gab. Jemanden, der Lebenszeit zählte und Namen vermerkte. Aber das tat es nicht. Sämtliche Bürotätigkeiten dieser Art vereinte Tod in sich selbst.

Er lächelte über seine Gedanken, ehe er geräuschlos Roberts Zelt betrat. Er hatte sich in dieser Realität noch nicht manifestiert, weshalb er schlichtweg durch die Zeltplane hindurchging. Wenige Schritte später stand er an Roberts Feldbett.

Sein Liebster sah friedlich aus im Schlaf. Er schien nicht zu träumen, was nach diesem Tag voller Eröffnungen vielleicht auch besser war.

Lächelnd ließ Tod sich neben dem unbequemen Feldbett nieder und strich vorsichtig mit der Hand über seine Stirn. Er konnte die Berührung nicht spüren, weil Tod noch immer ungreifbar war.

Trotzdem schlug Robert plötzlich die Augen auf und fragte leise: „Tod?"

Manchmal war es selbst für Tod überraschend, was die Liebe zwischen zwei Wesen so alles möglich machte.

„Schlaf weiter", flüsterte er, während er seiner Erscheinung einen Körper gab. „Ich wollte dich nur kurz ansehen."

Darüber grinste Robert.

„Das ist ziemlich schmalzig."

„Das ist es", stimmte Tod amüsiert zu. „Nichtsdestotrotz war es mir ein Bedürfnis, dich zu sehen."

Vorsichtig hob Robert den Kopf, um sich zu seinen Kameraden umzublicken, doch die schliefen alle fest. Dann streckte er die Hand aus und schloss seine Finger um Tods.

Tod lächelte.

„Es ist so ein unglaubliches Glück, dass ich jetzt wieder für ein paar Tage bei dir sein darf."

„Es werden nicht nur ein paar Tage sein, Tod", versicherte Robert ihm mit einem so überzeugten Blick, dass Tod sich ein Grinsen verkneifen musste.

So hatte er auch in ihrem letzten gemeinsamen Leben geschaut. So stur, so entschlossen, niemals etwas zwischen sie kommen zu lassen. Nicht einmal das Leben selbst.

„Es ist gefährlich, mein Liebster. Leben hat recht, das letzte Mal ging es schon so fürchterlich schief ...", versuchte er, sich herauszureden, aber er sah ihm an, dass seine Worte nichts bewirkten.

Robert würde Tod nicht gehen lassen, wenn Tod nicht die Kraft hatte, von selbst zu gehen.

Und die hatte er nicht.

Er sehnte sich so sehr nach ... nach *dem* hier, danach, seine Hand zu halten und ihm beim Schlafen zuzusehen ... Er konnte nicht einfach wieder gehen.

In all seinen anderen Leben war das für ihn auszuhalten gewesen, weil Robert nichts von ihm gewusst hatte. Da war es leicht gewesen, nur ab und an einen kurzen Blick auf ihn zu werfen, wenn er sowieso in der Nähe war. Aber jetzt, wo Robert ihn erkannt und auch seine Liebe zu ihm wiedergefunden hatte ... Wie hätte er jetzt noch Lebewohl sagen können?

„Es ist nicht gefährlich. Du musst nur das tun, was du immer tust. Du holst Seelen ab und wenn du ein wenig Zeit dazwischen hast, kannst du sie bei mir verbringen. Bitte, Tod! So eine Gelegenheit bekommen wir vielleicht niemals wieder!"

Roberts Finger schlossen sich enger um seine und Tod spürte, wie ihm das Herz aufging. Wie war es möglich, dass er diesen Sterblichen hier so sehr liebte? Aber er genoss es, jede einzelne Sekunde davon.

„Ich wünschte wirklich, es wäre so einfach, Liebster."

Tod legte seine zweite Hand auf Roberts.

„Das kann es doch sein!", versicherte der Soldat, aber Tod lächelte nachsichtig.

„Nein, das kann es nie. Ich bin der Tod und du bist ein Sterblicher. So viele Gefahren lauern jeden einzelnen Tag auf dich. Vor allem in diesem Krieg! Ich will dich nicht schon wieder verlieren. Wenn du im Jenseits bist, bist du für mich aus der Welt, verstehst du? Und ihr Menschen sterbt einfach so wahnsinnig schnell an so unendlich vielen Dingen."

„Du kannst nicht ins Jenseits?", hakte Robert überrascht nach. „Aber ich dachte, du bringst die Seelen dorthin?"

„Ich bringe sie hin. Aber weiter als bis ... nun, stell es dir als eine Art Tor vor, das mich draußen hält. Ich habe keinen Zugang zum Jenseits, solange hier unten noch Arbeit auf mich wartet."

„Und wenn irgendwann einmal keine Arbeit mehr auf dich wartet, ist die Erde hinüber und alles ausgelöscht", vollendete Robert düster den Gedanken.

Doch darüber lachte Tod leise.

„Was lässt dich glauben, dass die Existenz deiner Seele mit der Existenz dieses Planeten verbunden ist?"

Erstaunt blickte Robert auf.

„Ist sie das nicht?"

„Seelen sind unsterbliche Wesen, die ..."

„Alter, halt die Fresse!", beschwerte sich auf einmal ein Soldat im Halbschlaf und warf sein Kissen in Roberts Richtung, ohne nachzusehen, was er traf. „Andere Leute wollen pennen!"

Robert lachte lautlos und auch Tod schmunzelte.

„Ich gehe besser", flüsterte er und stand leise auf. „Schlaf gut und träume süß, mein Liebster."

„Bis morgen, Tod", raunte Robert und ließ Tods Hand trotz allem etwas widerwillig los.

„Bis morgen."

Tod lächelte. Da fiel ihm ein, dass er ihm ein Versprechen noch nicht erfüllt hatte. Er hatte ihn darum gebeten, ihm die Erinnerung ihres Heiratsantrages zu zeigen. Das wollte er noch erfüllen, ehe er sich wieder an die Arbeit machte.

Vorsichtig beugte er sich also zu ihm hinunter und küsste seine Stirn. Roberts Augen weiteten sich, als er die Erinnerung noch einmal durchlebte. Tod strich ihm liebevoll durch das dunkle Haar und verschwand einen Lidschlag später wie eine Illusion aus dem Zelt.

Robert wusste nicht warum, aber er saß in einer kleinen Kammer und weinte. Also die Person, die er war, weinte. Seine Hände waren viel schlanker und graziler, nichtsdestotrotz aufgesprungen von der Arbeit. Er erinnerte sich in diesem Moment nicht, was er arbeitete. Aber er erinnerte sich auch nicht daran, warum er weinte.

Sein Kleid war braun und der Stoff nicht sonderlich weich. Er hob das Gesicht aus den Händen, weil er ein Geräusch hörte, und wischte sich schnell mit dem Ärmel die Tränen fort. Er wollte nicht, dass Tod ihn weinen sah.

Er drehte sich zur Tür der kleinen Kammer, wobei er beiläufig registrierte, dass die Natur draußen vor dem winzigen Fenster neben dem Bett blühte. Es schien Frühling zu sein, die Wiesen grünten und die Bäume trugen ebenso Blüten.

Doch seine frühere Gestalt sah nun zur Tür, die sich öffnete. Tod trat hindurch.

Er trug einen Wildblumenstrauß in seinen Händen und lächelte wie ein Kind mit leuchtenden Augen.

„Inès, da bist du ja! Die sind für dich, meine Liebste!", sagte er strahlend und trat mit langen Schritten zu ihr, um ihr den Blumenstrauß in die Hände zu drücken. Dabei berührten seine Finger kurz die von Inès und so etwas wie ein wohliger Stromschlag fuhr hindurch. Dasselbe Gefühl hatte auch Robert heute kennengelernt.

„Ich habe das noch nie gemacht", gestand Tod mit einem verlegenen Grinsen, das wirklich bezaubernd war. Es verfehlte seine Wirkung auf Inès nicht.

„Aber ich ging über die Wiese, um den Weg vom Markt abzukürzen, und da sah ich diese Blume hier. Die da." Er zeigte auf eine feine rote Blüte in der Mitte des Straußes. „Und ich musste sofort an dich denken. Sie hat mich so an dich erinnert, da habe ich sie einfach gepflückt."

Tod verschluckte sich fast vor Aufregung wegen seines unorthodoxen Abenteuers. Doch das tat seiner Freude keinen Abbruch.

„Ich habe noch nie zuvor eine Blume gepflückt! Leben wird sicher mit mir schimpfen, wenn sie das erfährt."

Tod gluckste.

„Und dann habe ich die blauen Blumen gesehen und die weißen. Das sind Gänseblümchen, nicht? Ich weiß nicht, wie die anderen heißen, aber sie sind alle wunderschön. Allerdings nicht so wunderschön wie du."

Tod blickte ihr hoffnungsvoll ins Gesicht.

„Und bitte, sag mir, dass du dich darüber freust. Ich habe schon oft gesehen, dass Menschen sich über abgerupfte Blumen freuen und ich dachte, vielleicht würde es dir genauso gehen! Geht es dir genauso? Liebste Inès? Gefallen sie dir?"

Das Gefühl, das Robert in Inès' Innerem spürte, war überwältigend. Die Liebe überrollte sie mit einer Heftigkeit, dass ihr die Tränen in die Augen schossen. Tod bemerkte das natürlich und seine Freude erlosch sofort.

Zärtlich legte er Inès die Hand an die Wange und sagte: „Verzeih mir, Liebste. Ich wusste nicht, dass es dich traurig macht, wenn ich ..."

„Du Dummkopf, das sind keine Tränen der Trauer! Das sind Tränen der Freude!", antwortete sie lachend und weinend zugleich, so dass Tod endgültig verwirrt aussah. Dann seufzte er tief.

„Ihr Menschen seid furchtbar verwirrende Wesen", gestand er. „Also freust du dich doch über den Strauß?"

„Natürlich freue ich mich, Liebster!", sagte Inès und warf sich um Tods Hals.

Er fing sie auf und drückte sie fest und eng an sich.

„Das beruhigt mich", raunte er an ihrem Ohr. „Ich war die ganze Zeit im Zwiespalt, ob ich es richtig mache. Es ist wirklich schwer, ein Mensch zu sein."

Inès lachte und drückte ihre Lippen auf seine. Tod erwiderte den Kuss und Robert spürte, wie sehr Inès das liebte. Er selbst liebte es genauso.

Schließlich stellte Tod sie wieder auf ihre eigenen Füße und nahm ihr den Blumenstrauß aus der Hand.

„Ich stelle ihn ins Wasser, richtig? Das macht man doch so?", hakte er in dem Versuch nach, sich wirklich wie ein Mensch zu verhalten.

Inès nickte und verfolgte mit Blicken, wie er aus ihren karg bestückten Schränken einen Krug heraussuchte, in den er die Blumen stellte. Dann goss er Wasser aus einem Eimer neben der Tür hinein. Stolz platzierte er die Vase mit den Blumen schließlich auf dem kleinen Tisch, an dem Inès vorhin weinend gesessen hatte.

„Ihr Menschen seid seltsam. Ihr mögt tote Blumen im Haus! Ich verstehe das alles zwar nur ansatzweise, aber ich freue mich trotzdem darüber. Menschsein ist wirklich verrückt und folgt keiner Logik", erklärte er belustigt.

Robert spürte, wie Inès auf einmal verstand. Sie hatte keinen Grund gehabt, zu weinen! Es gab keinen Grund, traurig zu sein, weil Tod menschliche Konventionen nicht erfüllte, nach denen sie sich sehnte.

Er verstand sie schlichtweg nicht!

Es war dasselbe wie mit dem Blumenstrauß: Er hatte es schon oft gesehen, aber den Sinn dahinter konnte er nicht erkennen. Und wenn er ihn erkannte, dann konnte er es nicht auf sich selbst anwenden!

„Heirate mich!", sagte sie deshalb einfach, so dass Tod sie fragend anblickte.

„Was?"

„Heirate mich, Liebster! Werde mein Ehemann!", bat sie und trat strahlend zu ihm.

„Ehemann", murmelte Tod, ehe er sie überrascht anstarrte. „Kann ich das? Einfach so?"

„Ja, natürlich! Wir müssen in eine Kirche gehen und uns trauen lassen. Aber das kann jeder einfach so tun!"

Inès grinste breit. Ihr Herz flatterte, weil sie noch immer bang auf seine Antwort wartete.

Für einen Moment schien Tod ernsthaft nachzudenken.

„Warum überlegst du noch?!" Inès lachte, ergriff seine Hände und drückte sie warm. „Nun sag schon Ja!"

„Irgendetwas kommt mir falsch vor", gestand Tod murmelnd, bis sich seine Miene auf einmal aufhellte. „Das tut der Mann, nicht wahr? Er bittet die Frau um ihre Hand. Das ist doch so?"

„Ja, normalerweise ist das so." Inès kicherte und drückte sich an ihn. „Aber normalerweise ist der Mann auch kein ewiges Wesen, das keine Ahnung von irdischen Bräuchen hat!"

Darüber lachte Tod verlegen.

Er legte seine Arme sanft um ihre Mitte und meinte: „Es ist albern, meine Liebste. Da spreche ich alle Sprachen, die jemals auf dieser Welt gesprochen wurden, verstehe alle Worte und kenne ihre Bedeutung. Aber wirklich wissen, worum es sich bei den meisten handelt, tue ich nicht. Verzeih mir, meine Liebste, dass ich so unbedarft bin. Ich habe der Menschheit bisher zu wenig Aufmerksamkeit gewidmet. Zumindest dem, was euch wichtig ist. Das werde ich ändern, das verspreche ich dir. Sobald ich dein Mann bin und du meine Frau."

„Oh, Liebster!"

Sie schlang erneut glücklich ihre Arme um seinen Hals und küsste ihn.

Schließlich ließen sie atemlos voneinander ab und Tod blickte sie abwartend an.

„Also lass uns gehen! Lass uns heiraten, Liebste!"

„Was denn, jetzt sofort?" Sie lachte glücklich.

„Natürlich, warum sollten wir warten? Ich habe dich offensichtlich schon lange genug warten lassen, Inès."

„Wollen wir das nicht mit unseren Freunden feiern?", hakte sie grinsend nach, so dass Tod die Stirn runzelte: „Ich muss Leben nur rufen, dann ist sie in wenigen Sekunden hier und kann mit uns ..."

Darüber hatte Inès noch gar nicht nachgedacht. Tod würde Leben dabeihaben wollen und ihre Anwesenheit würde alle Männer verrückt machen. Sie war lange nicht so eine gute Fassadenzauberin wie Tod. Ihr sah man das Überirdische immer an.

„Ja, lass uns Leben rufen. Sie soll unsere Zeugin sein! Nur wir drei und der Pfarrer."

„In Ordnung, Liebste, wenn du dir das wünschst, so will ich dir den Wunsch erfüllen."

Er lächelte verliebt und küsste sie wieder.

Robert kehrte in seine eigene Wirklichkeit zurück und starrte an die dunkle Zeltdecke.

Tod hatte seit der Zeit mit Inès – mit ihm in einer anderen Hülle, verbesserte er sich schnell – viel über die Menschheit dazu gelernt. Ob Inès seine Lehrerin gewesen war? Hatte sie ihm gezeigt, wie man ein Mensch war? Wie man sich verhielt? Was man eben so tat?

Er spürte, wie nah das an der Wahrheit sein musste. Tod hatte es wirklich nicht leicht gehabt. Unversehens in eine Liebe zu einer Sterblichen zu stolpern, die er weder verstand noch imitieren konnte. Aber anscheinend war Inès eine gute Lehrerin gewesen.

Robert lächelte. Er war dankbar für diese Erinnerung. Jetzt wusste er zumindest, wie es war, von Tods Armen gehalten zu werden. Wie es war, ihn zu küssen.

Es war unendlich verrückt. Robert sah Tod trotz allem als Mann, aber seltsamerweise machte ihm die Vorstellung nichts mehr aus, ihm nahe zu kommen, ihn sogar zu küssen. Im Gegenteil. Er sehnte sich danach wie nach nichts anderem.

Lächelnd schüttelte er über sich selbst den Kopf. Nie hätte er auch nur davon geträumt, dass ihm so etwas passieren konnte.

Zufrieden und mit einem Herzen voller Liebe drehte er sich zur Seite und schloss wieder die Augen.

Manchmal war das Leben ungerecht. Und Tod hatte im Laufe der Jahrhunderte gelernt, dass das nicht nur auf Sterbliche zutraf, sondern auch auf ihn. So gerne wäre er jetzt bei Robert gewesen, hätte ihn in seinen Armen gehalten, sein Herz nah bei sich gespürt. Aber er musste Seelen abholen, viele Seelen, und Robert musste schlafen. Wenn er denn schlafen konnte.

Tod hätte heute Nacht nicht schlafen können, zumindest bildete er sich das ein. Nachdem er noch nie geschlafen hatte, war er sich allerdings nicht sicher.

Die Menschen waren schon wundersame Wesen.

Tod lächelte, doch dann trat er durch einen Riss in der Wirklichkeit und fand sich in einem dunklen Apartment wieder. Die Front des Schlafzimmers war verglast und er konnte über eine erleuchtete Großstadt blicken. Das hier musste das dreißigste Stockwerk sein.

Es war ein wunderbarer Ausblick. Für eine Sekunde verlor er sich darin, dann aber riss er sich zusammen. Er hatte zu tun.

Er wandte sich zum Bett um, in dem ein Paar friedlich schlief. Der Mann lag auf der Seite und schnarchte leise, die Frau lag auf dem Rücken, so dass ihr dicker Bauch sich weit unter der Decke wölbte.

Solche Aufträge taten selbst Tod weh. Doch er hatte keine Wahl.

Er trat zu der Frau und hielt die Hand über ihren Bauch.

In sich spürte er die Uhr ablaufen und dann erschien die kleine Seele bereits und er nahm sie auf. Sie war tiefviolett und er hielt sie für eine Sekunde in der Handfläche.

„Ich verstehe, dass du wütend bist und das mit Recht. Du hast noch keinen Blick aus deinen Augen geworfen und noch keinen Ton mit deinen Ohren gehört. Aber bitte Leben doch, dir bald einen neuen Körper zu suchen", sagte er verständnisvoll.

Doch das änderte nichts an der Wut der kleinen Seele. Tod sah sie mitfühlend an.

„Es tut mir sehr leid für dich. Aber stell dir vor, wie es für sie werden wird." Er hielt die Seelenkugel vor das Gesicht seiner tief schlafenden Mutter. „Sie wird so traurig sein, wenn sie es erfährt. Sie wird sehr leiden. Dabei wollte sie dir so eine gute Mutter sein."

Es dauerte eine Sekunde, dann verblasste die dunkle Farbe des Seelchens. Sie wurde erst rot und dann orange.

„Ja, ich weiß", murmelte Tod seufzend. „Komm her, wir wärmen uns auf und sehen, wen wir noch abholen müssen. Vielleicht ist jemand dabei, der dich aufheitern kann."

Damit verstaute er die Seele in seiner Brust und verließ das Apartment.

Es war vielleicht nicht die beste Idee, aber die Zeit wollte es so, dass er als nächstes einen Selbstmörder abholte.

Er trat aus dem Riss an einen nächtlichen Fluss. Nicht sehr weit entfernt spannte sich eine Brücke darüber, auf der Tod eine einsame Gestalt erkennen konnte. Er seufzte erneut.

Warum manche Menschen das Kostbarste wegwarfen, was sie besaßen, würde er nie verstehen. Bedauerlicherweise besaß er kein Leben und was hätte er in den letzten beiden Nächten dafür gegeben, eines zu haben!

Aber er war nur der Tod. Er existierte, doch er lebte nicht. Zumindest nicht so, wie er es von Inès gelernt hatte.

Tod richtete den Blick auf die Gestalt auf der Brücke und sah, wie sie einen Moment später sprang. Sie platschte in den Fluss, der eiskalt war. Tod merkte es, als er einen Schritt hinein machte. Doch ihn störte es nicht. Er realisierte die Kälte zwar, aber frieren konnte er nicht.

Weit musste er in den Fluss hinein waten, ehe er stehenblieb. Dann ging es schnell.

Der leblose Körper floss an ihm vorbei und er holte eilig die Seele heraus. Sie hatte jegliche Farbe verloren und lag kraftlos weiß in seiner Handfläche.

„Oh, du arme kleine Seele", sagte Tod, während er den Weg aus dem Fluss suchte.

Er blies vorsichtig seinen warmen Atem über sie, aber es half nicht viel. Ihre Verzweiflung schien zu groß. Ihr wieder etwas Lebenswillen einzuhauchen, war jetzt das Wichtigste, denn die Verzweiflung war der größte Feind einer Seele. Manche erholten sich davon nicht.

Während sie hilflos auf seiner Hand lag, spürte er, dass diese kleine Seele sich nach Liebe sehnte. Sie hatte sie weder von ihren Eltern noch von ihren Partnern erfahren. Ein ganzes Leben ohne Liebe machte nicht nur den Menschen, sondern auch die Seele kaputt.

Tod überlegte einen Moment, während er aus dem Wasser trat.

„Darf ich eine Erinnerung mit dir teilen, meine Liebe?", bat er und spürte kaum die schwache Zustimmung.

Er erinnerte sich mit Wohlgefühl daran, wie Robert vorhin seine Hand gehalten hatte. Ganz fest und warm. Er erinnerte sich an den liebevollen Blick von Inès, an das Strahlen in ihren hübschen Augen. Er erinnerte sich an die Vertrautheit, mit Inès im Arm im Bett zu liegen. Diese Gefühle transportierte er zu der kleinen, weißen Seele.

Ein kaum sichtbarer Schimmer blauer Farbe überzog sie und er merkte, wie verwundert sie darüber war, dass der Tod solche Gefühle kannte.

Lächelnd strich er vorsichtig mit dem anderen Finger über ihre Aura.

„Ich hatte das außerordentliche Glück, jemanden zu finden, der mich lieben konnte. Und dieses Glück wird dir auch widerfahren, meine Liebe."

Seine Worte machten sie traurig und er hob sie auf seine Augenhöhe und sah sie sanft an.

„Ich schlage vor, dass du dir eine Pause im Jenseits gönnst. Bleib eine Weile, bis du dich wieder stark fühlst. Mach nicht gleich den nächsten Versuch", sagte er behutsam. „Du wirst sehen: Dein nächstes Leben wird anders verlaufen, wenn du ein bisschen stärker geworden bist. Ich wärme dich jetzt in meiner Brust, liebe Seele. Darin wirst du eine kleine wütende und enttäuschte Seele finden. Vielleicht könnt ihr euch anfreunden. Es ist leichter, nicht allein ins Jenseits überzugehen."

Vorsichtig legte er sie in seine Brust und spürte, wie die wütende Seele des Kindes sich der neuen Seele annäherte. Vielleicht konnten die beiden ja etwas füreinander tun. Geschäftig wandte er sich seinem nächsten Auftrag zu.

Als Robert aufwachte, war er allein. Und obwohl das nichts Neues war, war er enttäuscht. Innerlich hatte er gehofft, dass Tod da sein würde, sobald er die Augen aufschlug. Doch Tod hatte andere wichtige Dinge zu tun. Was nicht heißen musste, dass sie sich den ganzen Tag nicht sahen. Sicherlich würde Tod ihm später noch einen Besuch abstatten. Einen Besuch, den Robert sich schon heiß ersehnte.

Er grinste darüber, wie allein der Gedanke an ihn Schmetterlinge in seinem Bauch auslöste. Von heute auf morgen schwer verliebt in ein körperloses Wesen. Das war unglaublich verrückt!

Er stand auf, weil er hoffte, Tod im frühmorgendlichen Lazarett noch unbeobachtet zu treffen.

Leise zog er sich an und verließ das Zelt. Leichter Nebel hing über dem Lager zwischen den Bergen und Robert nahm einen tiefen Atemzug von der frischen Luft, ehe sie über den Tag wieder aufheizen würde.

Er sah zum Tor, an dem ein Kamerad Wache hielt, dann warf er einen Blick in die große Lazaretthalle. Aber Tod war nicht dort.

Deshalb ging Robert zur Kantine und holte sich einen Kaffee an dem alten Automaten, da die Küche noch nicht bereit war für Besucher.

Während er überlegte, wann er Tod wohl treffen würde, erinnerte er sich an dessen Worte. Sagte er seinen Namen, dann würde er kommen.

Er nahm den dampfenden Becher aus dem Automaten und sagte halblaut: „Tod."

Keine Sekunde später stand Charlie vor ihm, erschien einfach aus dem Nichts, so dass Robert erschrocken zusammenzuckte.

Er hatte Glück, dass der Becher nicht so voll war, wie er es für sein Geld eigentlich erwartet hätte, sonst hätte er sich die Hand verbrannt.

„Guten Morgen, Robert."

Charlie lächelte und diesmal konnte Robert Tods Lächeln durch die Fassade schimmern sehen. Er erkannte ihn trotz der Gestalt, die er angenommen hatte, und das ließ sein Herz schneller klopfen.

„Guten Morgen, Charles", machte er amüsiert, ehe er einen kurzen Blick durch die menschenleere Kantine schweifen ließ.

Die Durchreichen waren noch verschlossen, alle Türen waren zu. Die Ecke, in der sie standen, war durch die Fenster nicht einsehbar.

Deshalb stellte er den Becher zurück in den Automaten, dann wandte er sich wieder Tod zu und drückte ihn im nächsten Moment gegen die Wand daneben.

Er presste seinen Körper gegen Charlies, der sowohl erstaunt als auch hingerissen aussah.

„Verwandle dich", forderte Robert, während er seine Hände an Tods Hüften legte.

Keinen Lidschlag später musste er zu dem aristokratischen Mann mit dem sauberen, schwarzen Bart aufsehen, der ihn anlächelte.

„Du warst schon immer stürmisch, auch in deinen vergangenen Leben", stellte er liebevoll fest.

Robert legte die Hand an seinen Nacken und zog ihn ein wenig zu sich herunter. Er spürte Tods Atem auf seinen Lippen und Tod schien sich darauf zu freuen, was er tun wollte. Das leichte Lächeln verließ seine Züge nicht und Robert klopfte das Herz im Hals. Seit der Erinnerung an den Heiratsantrag hatte er sich nichts mehr gewünscht, als Tod endlich zu küssen!

Ihre Lippen waren einander schon ganz nah, da rasselte auf einmal das Rollo der Durchreiche zur Küche hoch.

Schnell ließ Robert von Tod ab und der nahm wieder seine ursprüngliche Gestalt an.

Frustriert griff Robert nach seinem Kaffee und Charlie legte ihm die Hand auf die Schulter, um mit ihm zusammen zu einem der leeren Tische zu gehen.

„Sei nicht enttäuscht. Es wird noch viele Momente wie diesen geben", sagte er ruhig, bevor sie sich einander gegenüber an den Tisch setzten.

„Ich hoffe es. Seitdem du mir die Erinnerung gegeben hast ..."

Robert blies die Backen auf und Tod schmunzelte.

„Diese eine Erinnerung oder ist dir noch mehr wieder eingefallen?", hakte er vorsichtig nach.

Für einen Moment wunderte Robert sich darüber, dann aber schüttelte er den Kopf.

„Nein. Aber diese eine hat schon gereicht."

Er grinste. Auch Tod lächelte.

„Wo ist eigentlich dein Zelt?", hakte Robert betont beiläufig nach, so dass Tod wissend schmunzelte.

„Willst du mich dort überraschen, wenn ich nicht damit rechne?"

„Mag sein", feixte Robert kein bisschen verlegen. „In meinem Zelt schlafen immerhin noch vier andere Soldaten."

„Da muss ich dich enttäuschen, mein Liebster. Ich habe kein Zelt und auch kein Bett. Wer nicht schläft, braucht so etwas nicht", erklärte Tod amüsiert.

„Du schläfst nicht?"

Das beeindruckte Robert nun doch.

„Nie. Ich habe keinen realen Körper, schon vergessen? Ich schlafe nicht, ich esse nicht, ich zeuge keine Kinder ...", zählte er auf.

„Aber du trinkst Kaffee", warf Robert ein.

„In der Tat, aber nur, um mich anzupassen. Nicht, weil ich etwas zu mir nehmen müsste. Oder weil er mir schmecken würde."

Tod verzog das Gesicht bei der Erinnerung an das bittere Getränk.

„Wenn du doch aber keinen Körper hast ...", überlegte Robert mit zusammengekniffenen Augen. „Wohin geht dann der Kaffee? Fließt der wieder aus dir heraus?"

„Nein." Tod lachte. „Ich weiß es tatsächlich nicht. Er verschwindet einfach."

„Das ist wirklich seltsam. Aber immerhin atmest du auch, obwohl du keinen Körper hast."

„Nur, um nicht aufzufallen." Tod zwinkerte.

Eine Weile blickte Robert Tod neugierig an.

„Wenn du ... wenn du keinen Körper hast, konntest du dann überhaupt ... mit Inès zusammen sein? So richtig, meine ich?"

„Zusammen sein wie Menschen? Nein", antwortete er. „Wir haben mehr oder weniger eine keusche Ehe geführt."

„Mehr oder weniger?", bohrte Robert weiter, den wirklich interessierte, was Tod denn nun genau fehlte.

Sein Gegenüber nickte.

„Ich kann keinen Höhepunkt erreichen, ich kann nicht einmal Erregung spüren. Aber Inès konnte und ich konnte ihr dabei behilflich sein."

Endlich verstand Robert.

„Ach so. Das klingt ziemlich tragisch für dich." Er grinste. „Immerhin ist das die schönste Nebensache der Welt."

Tod lachte.

„Davon hörte ich. Ich mochte es gern, Inès süße Stunden zu verschaffen. Zumindest das konnte ich für sie tun, wenn ich ihr schon keine Kinder schenken konnte."

„Sie hat dich mehr geliebt als die Aussicht darauf, Kinder zu haben", versicherte Robert, so dass Tod lächelte.

„Ja, ich weiß. Ich stellte es ihr frei, sich einen anderen Mann zu nehmen, der ihr diesen Wunsch erfüllen konnte. Aber Inès lehnte ab. Sie gab viel für mich auf."

„Aber du konntest nichts für sie aufgeben."

„Nein, das konnte ich nicht. Ich existiere nur zu diesem einen Zweck, den ich erfüllen muss."

Robert nickte verstehend.

„Ich weiß, dass ...", setzte er an, doch da flog die Tür zur Kantine auf.

„Bobby! Wir müssen in den Einsatz! Der Befehl kam gerade über Funk!", rief Alex außer Atem, so dass Robert auffuhr. Auch Charlie erhob sich mit einem fragenden Blick.

„Was ist passiert?!", fragte Robert alarmiert.

„Unsere Männer wurden eingekesselt. In der Kleinstadt nicht weit von hier. Die haben alles abkommandiert, was sie konnten, um denen den Rücken freizuhalten! Also los, in zehn Minuten fahren wir!", erklärte Alex kurz angebunden und rannte schon wieder nach draußen.

„Verdammt", machte Robert, da spürte er Tods Hand auf seiner Schulter und sah sich zu ihm um.

„Ich werde in deiner Nähe sein und auf dich achtgeben", versprach er, aber Robert lächelte nur.

„Das ist das, was Leben dir ausreden wollte, oder?"

„Ja, genau das. Aber ich werde es trotzdem tun."

Tods Blick war so ernst, dass Robert eine Gänsehaut über den Rücken lief.

Er zog in ein Gefecht und wusste den Tod an seiner Seite. Ihn beschlich das dumpfe Gefühl, dass das nicht gut gehen konnte.

Während die Soldaten sich abmarschbereit machten, sprang Tod in der Zeit zurück und sammelte noch einige Seele ein. Damit wollte er sicher gehen, sobald Robert das Schlachtfeld erreichte, sich ihm ganz ohne Ablenkung widmen zu können. Er würde seine Zukunft scharf im Auge behalten, falls sie sich in Sekundenbruchteilen ändern sollte. Womit Tod, wenn er ehrlich war, nicht rechnete. Sobald sich seine geliebte Seele im Begriff befand, zu sterben, spürte er es immer weit vorher. Dann sammelte er seine Seelen ein und hob sich seine Seele – Inès' Seele – als letzte auf. Denn die Zeit, die er sie in seiner Brust verwahrte, war die schönste in den vielen Jahrzehnten, die es brauchte, bis sie einander wiedersahen. Sie teilten dann Erinnerungen und schwelgten in der gemeinsamen Zeit, die sie verlebt hatten.

Er hatte überlegt, ihr ebenso zu gestatten, ihn zu erkennen, sobald er zu ihrem Sterbebett kam, doch er hatte sich dagegen entschieden. Inès starb oft im Kreis ihrer Familie und was hätten sie gedacht, wenn sie auf einmal von Tod als ihrem Liebsten gesprochen hätte! Er wollte deren Erinnerung an ihre Mutter oder ihren Vater nicht untergraben.

Zwar verlor er dadurch einen oder zwei Küsse von ihr im Jahrhundert, aber was machte das schon in der Ewigkeit?

Ein wenig unruhig war er zugegebenermaßen, während er die Seelen einsammelte, die in der Zwischenzeit ihre menschliche Hülle verließen. Endlich hatte er alle Seelen eingesammelt und es blieben nur noch die auf dem Schlachtfeld, zu dem auch Robert unterwegs war. Immerhin konnte Tod sich die Örtlichkeiten dann schon mal ansehen.

Er reiste ein wenig in der Zeit zurück, um im Morgengrauen zu beginnen, den sterbenden Soldaten die Hand zu halten und dann ihre Seelen zu holen. Es waren viele Tote auf beiden Seiten. Tod hatte kaum Zeit, die aufgewühlten, kleinen Seelchen zu beruhigen, da musste er schon zur nächsten. So kam es auch, dass in seiner Brust bald ein erbitterter Streit losbrach, da sich zwei Seelen in ihrer Wut und Angst offensichtlich gar nicht verstanden. Tod merkte es daran, dass es in seinem Brustkorb auf einmal heiß wurde und er die beiden Streitenden sofort herausholte, damit sie nicht auch noch die anderen Seelen aufwühlten.

Mit ernstem Gesicht musterte er die beiden dunkelvioletten Seelen, von denen er jede in einer Hand hielt.

„Schluss, ihr beiden!", befahl er verärgert. „Ihr seid nicht die einzigen Seelen, die Schlimmes erlebt haben! Ihr werdet euren Streit nicht in meiner Brust ausfechten, habt ihr verstanden? Sonst werde ich euch sofort ins Jenseits schicken. Ohne Begleitung!"

Doch das bewirkte bei den beiden sturen Seelenkugeln rein gar nichts.

„Seht euch um", sagte Tod deshalb, der mitten auf einer großen Straße stand, auf der überall Leichen lagen. „Seht euch an, was die Sterblichen mit ihrer Wut angerichtet haben! Seht euch an, wozu Streit und Missgunst führen! Seht euch um und sagt mir, dass nicht einer von euch einen guten Kameraden in diesem Krieg verloren hat!"

Die Farbintensität einer Seele verblasste langsam. Streng blickte Tod nun auch die andere an.

„Ihr seid fürchterlich alte Geschöpfe und doch lasst ihr euch dazu hinreißen, euch wie unreife Kinder zu benehmen. Wenn du dich jetzt nicht beruhigst, wirst du deinen Weg allein antreten. Ich dulde keine Unruhestifter in meiner Brust."

Es passte der Seele zwar nicht, aber sie nahm sich zurück. Sie wurde, wie die andere Seele, rot, wenn über sie auch immer wieder ein violetter Schauer lief.

„Ihr müsst es nicht mehr lange miteinander aushalten. Ich werde bald ..."

„Tod?"

Das war Roberts Stimme! Er rief nach ihm!

Für einen Moment richtete Tod seine allsehenden Augen auf seinen Liebsten, der bereits in der Stadt angelangt war. Er formierte sich mit seinen Kameraden – und er hatte Angst. Er wollte Tod an seiner Seite wissen! Er wollte sicher, dass er ihn beschützte! Er musste sofort zu ihm!

„Ihr seid jetzt friedlich, verstanden?", warnte er die beiden Seelen noch ein letztes Mal, ehe er sie wieder in seiner Brust verstaute und sich durch einen Riss in der Wirklichkeit zu Robert begab. Er wählte den Zeitpunkt vier Sekunden früher, damit er direkt vor ihm auftauchen konnte, nachdem er nach ihm gerufen hatte.

Tod machte sich nicht sichtbar für die umstehenden Soldaten, sondern legte seine Hand nur an Roberts Schulter.

„Ich bin hier. Ich bleibe bei dir", versprach er und Robert zuckte kurz zusammen, als er allein Tods Gestalt erkennen konnte.

„Daran werde ich mich wohl nie gewöhnen." Er lächelte nervös. „Ich wollte mich nur versichern, dass du da bist."

„Das bin ich immer. Deine Kameraden können mich nicht sehen, ausschließlich du. Also wundere dich nicht", erklärte er ihm kurz.

Robert nickte, da gab sein Vorgesetzter auch schon den Befehl zum Ausrücken.

Wie Alex gesagt hatte, waren sie nicht die einzigen, die in die Kleinstadt beordert worden waren. Es waren hunderte Soldaten verschiedener Länder, die sich hier hinter einer Hügelkuppe sammelten, ehe sie vorrückten.

Roberts Kameraden gehörten zu den ersten, die den Hügel erstürmten und unter Feuer aus den geschützten Straßen der Stadt auf eben diese zustürmten. Tod blieb an Roberts Seite, der, keuchend vor Aufregung und Anstrengung, schießend auf die Häuser zu rannte. Zum Glück kam keine einzige Kugel in seine Nähe, die Tod hätte für ihn auffangen müssen, dafür fielen einige aus der Gruppe. Doch Tod wartete, bis Robert halbwegs in Sicherheit in einer der Häuserschluchten angekommen war, ehe er zurückeilte und hastig die Seelen einsammelte. Diesmal nahm er sich weniger Zeit für die verängstigten Soldaten, bevor er sie in seiner Brust verstaute, denn die Aufregung hatte auch ihn angesteckt.

Durch einen Riss in der Wirklichkeit trat er wieder neben Robert. Der registrierte ihn aus den Augenwinkeln, während er an der Seite seines Freundes Alex weiterschlich. Tod blieb in ihrer Nähe.

Der Anführer der kleinen Gruppe gab nun ein Zeichen, dass sie sich aufteilen sollten. Tod hielt das zwar für keine gute Idee, aber er hatte hier wenig zu sagen.

Jeweils zu fünft bogen sie in verschiedene Gassen ab. Tod hängte sich wiederum an Robert, wenn er auch aus einer anderen Gasse Schüsse und Schreie hörte. Das Gefühl in ihm drängte ihn, hinüberzugehen und zwei

Seelen einzusammeln, aber er widerstand dem Drang. Das würde er später machen. Er musste bei Robert bleiben!

Die Männer rückten weiter vor. Sie pressten sich an eine Hauswand und spähten um die nächste Ecke. Schüsse fielen. Doch Robert stand weit genug hinten, um nicht getroffen zu werden. Sein Kumpel Alex und noch ein weiterer Soldat feuerten zurück und anscheinend trafen sie jemanden, denn Tod zuckte schon, weil er eine Seele hätte einsammeln müssen. Doch noch war er stärker. Mal sehen, wie lange er dem Drang widerstehen konnte.

Wenn er so nah am Geschehen war, war es ihm beinahe unmöglich, nicht zur Tat zu schreiten. Ursprünglich war er ja deshalb hierhergekommen; weil er so viele Seelen wie möglich gleichzeitig abholen wollte.

Er seufzte tief und kassierte dafür einen fragenden Blick von Robert. Doch Tod winkte ab und nickte ihm stattdessen ermutigend zu.

Der Schusswechsel fand ein Ende und schon liefen die Soldaten weiter.

Diesmal allerdings hielt Robert sich am Schluss der Gruppe und raunte Tod zu: „Was ist los mit dir? Du siehst aus, als würde dich etwas quälen!"

„Nein, nein, sorge dich nicht. Pass jetzt nur auf dich auf, mein Liebster."

Tod lächelte angestrengt. Überall um ihn herum warteten Seelen! Es war ein fürchterliches Gefühl, seine Aufgabe nicht zu erfüllen!

„Sag schon, was du hast!", befahl Robert allerdings, der seinen Kameraden in der Deckung eines Hauses hinterhertrabte.

„Ich müsste so viele Seelen in dieser Stadt einsammeln ...", gestand Tod, so dass Robert die Brauen zusammenzog.

Er keuchte, als seine Gruppe um eine Ecke verschwand und er sich beeilte, den Anschluss nicht zu verlieren.

„Dann geh! Ich komme zurecht!"

Damit hastete er um die Ecke und Tod starrte ihm sprachlos nach.

Er wollte bei ihm bleiben und ihn beschützen, auch wenn sein Gefühl sagte, dass er das nicht musste. Robert war aktuell nicht in Gefahr und er würde es spüren, wenn er Hilfe brauchte. Zumindest hoffte er das. Und der Drang, Seelen einzusammeln, war so immens, dass er ihm nicht mehr widerstehen konnte!

Also nickte er, obwohl niemand mehr da war, der es sehen konnte, und begab sich zu den ersten Toten in seiner Nähe, deren kleine Seelenkugeln bereits verirrt in der Nähe ihrer Körper herumschwebten.

Er schalt sich dafür, nicht in der Zeit zurückgereist zu sein. Wenn er zu spät kam, verwirrte das die Seelen unnötig. Doch dafür war es nun zu spät. Denn eine einzige Einschränkung hatte seine Fähigkeit, durch die Zeit zu reisen: Er konnte sich nicht selbst treffen. Das Paradoxon von zwei von seiner Sorte am selben Ort, würde die Welt nicht aushalten.

Tod sammelte seine Seelchen ein und lächelte entschuldigend: „Verzeiht, dass ich so spät komme. Jetzt seid ihr sicher und auf dem richtigen Weg."

Damit öffnete er einen Riss und reiste wenige Minuten in der Zeit zurück, um bei den anderen Toten nicht denselben Fehler zu begehen.

Viele völlig verängstigte Seelen hielt er in den nächsten Minuten in den Händen, die alle ein paar aufmunternde Worte und manchmal sogar eine liebevolle Erinnerung von Tod brauchten. Es zog sich ewig und ständig tauchten neue Sterbende auf, zu denen er eilen musste. Ein- oder zweimal sah er Robert in der Nähe vorbeihuschen, doch das änderte nichts an seinem Auftrag.

Je mehr Seelen er in dieser Stadt einsammelte, desto besser fühlte er sich. Bald wurden die Schüsse weniger und für ein paar Momente würde es keine Toten geben, das spürte er.

Erleichtert kehrte er an Roberts Seite zurück. Er stand mit einer Schar anderer Soldaten in der untersten Etage eines großen Hauses, dessen Fensterscheiben geborsten waren. Es schien ein Kiosk gewesen zu sein, denn die Verletzten lagen zwischen Regalen, in denen es kaum noch etwas zu kaufen gab.

„Wir müssen sie hier rausbringen", sagte einer der Kommandeure und deutete auf die Verletzten auf dem Boden.

„Wir haben keine Tragen. Wir müssen warten, bis unsere Sanis sicher hierher kommen können ...", erwiderte ein anderer.

Je schneller diese Männer aus dem Kiosk herauskamen, desto schneller war auch Robert wieder in Sicherheit.

„Warte hier", sagte Tod zu ihm und verschwand, um sich hastig von Haus zu Haus zu begeben, während er sich nach etwas Geeignetem umsah, mit dem man die Männer herausschaffen konnte. Er trat von einem Riss in den nächsten und so hatte er in wenigen Sekunden mehrere Straßenzüge abgesucht. Zwei Querstraßen vom Kiosk entfernt wurde er schließlich fündig.

Schnell kehrte er in den Kiosk zurück, wo die Anführer immer noch debattierten.

Tod ging zu Robert und sagte: „Ich habe ein behelfsmäßiges Krankenhaus ausfindig gemacht. Zwei Querstraßen weiter in einem roten Mittelhaus mit dem Schild eines Obsthändlers über der Eingangstür. Dort könnt ihr sicherlich ein paar Tragen organisieren."

Für einen Moment entstand eine steile Falte auf Roberts Stirn, doch die verschwand schnell, als sein Blick auf die verletzten Soldaten zwischen den Regalen fiel. Er nickte entschlossen und trat zu den Anführern seiner Gruppe.

„Es gibt zwei Querstraßen von hier ein provisorisches Krankenhaus. Dort können wir sicherlich was für den Transport auftreiben", berichtete er.

„Woher wissen Sie das?", hakte einer der beiden Kommandeure misstrauisch nach, so dass Robert log: „Wir sind daran vorbeigekommen. Was ist nun?"

„In welche Richtung?", fragte der andere, der praktischer veranlagt schien.

„Süden", sagte Tod schnell und Robert wiederholte: „Nach Süden. Es ist ein rotes Mittelhaus. Über dem Eingang steht was von einem Obsthandel."

Die beiden höherrangigen Männer wechselten einen Blick, dann entschloss sich der Misstrauische: „In Ordnung. Zwanzig Mann holen Tragen, die anderen halten die Stellung hier."

Befehle wurden gebellt und kaum zwei Minuten später lief Robert mit neunzehn anderen Männern nach draußen. Darüber hatte Tod offensichtlich nicht gut genug nachgedacht.

„Tod!", murmelte Robert, der an der Spitze des Stoßtrupps vorrückte. „Du musst mir zeigen, wo wir lang müssen!"

„Natürlich."

Immerhin konnte er sie so vor feindlichem Feuer warnen.

Also schritt er voran, hoch aufgerichtet, während er sich nach Feinden umsah. Robert führte seine kleine Gruppe, an die Hauswände geduckt, hinter ihm her.

„Woher wusstest du das?!", zischte Alex Robert zu. Tod konnte es genau hören. „Wir waren nicht im Süden! Nicht mal ansatzweise!"

„Vertrau mir einfach, okay?", antwortete Robert beschäftigt.

Tod blieb stehen und zeigte nach links oben, wo er die Anwesenheit von lebendigen Seelen spürte.

„Sei vorsichtig. Dort oben sind Menschen", warnte er.

Robert nickte und bedeutete seinen Männern in militärischer Zeichensprache, wo der Feind saß. Sie nahmen Aufstellung und überquerten die Kreuzung, während sie einander Feuerschutz gaben.

Ganz fasziniert beobachtete Tod sie dabei. Er war schon in vielen Kriegen gewesen, aber Strategie und diese Zeichensprache übten immer wieder einen neuerlichen Reiz auf ihn aus. Es lag tatsächlich so weit außerhalb seiner Vorstellungskraft, wie man sich wegen Gebieten oder Reichtum gegenseitig umbringen konnte. Bisher war jeder Krieg, den er beobachtet hatte, unnötig gewesen. Aber er entschied ja nichts, er sah nur zu und sammelte Seelen ein.

Einer nach dem anderen kam auf die andere Straßenseite. Dort nickte Robert Tod zu, dass sie weitergehen konnten. Also führte er sie weiter voran.

Er sah bereits die nächste Seitenstraße, in die sie einbiegen mussten, da fielen wieder Schüsse.

„Aufteilen!", schrie Robert, so dass die Soldaten auseinanderspritzten und zu zweit oder zu dritt Schutz suchten.

Tod war hin- und hergerissen, während er mitten im Feuergefecht stand. Sollte er Robert schützen oder die Seele einsammeln? Er entschied sich, eingedenk Roberts Worten von vorher, für die Seele.

Ein Mann auf dem Boden keuchte, als Tod sich neben ihn kniete.

„Das war ein Fehler", sagte er atemlos, als könnte er Tod sehen. Vielleicht konnte er das auch.

„Wenn es ein Fehler war, dann war es meiner", gestand er, woraufhin der Soldat die Augen aufriss.

Er schien ihn zu hören und Tod tat ihm den Gefallen, sich als anderer Soldat vor ihm zu zeigen.

„War doch nicht deine Entscheidung, uns in diese Hölle rauszuschicken."

Der Mann hustete, so dass Tod humorlos die Lippen verzog.

„Und wenn doch?", fragte er und sah in die Richtung, in der Robert und Alex hinter einem geparkten Auto kauerten.

„Dann haben wir unseren Tod dir zu verdanken", röchelte der Mann zu seinen Füßen, so dass er seine Hand auf dessen Stirn legte.

„Das Sterben ist das schlimmste. Danach wirst du keine Schmerzen mehr spüren, das verspreche ich dir", beruhigte er ihn und wartete noch zwei kurze Sekunden, bis sein Körper den Dienst einstellte.

Tod nahm die kleine, rote Seele entgegen und drückte sie gerade in seine Brust, da hörte er ein seltsames Zischen hinter sich.

„Lauf!!", brüllte Alex im selben Moment und Tod konnte sie gar nicht sofort entdecken, da flog das Auto in die Luft, hinter dem sie in Deckung gegangen waren.

Erschrocken riss Tod die Augen auf und sah, wie sowohl Alex als auch Robert durch die Explosion durch die Luft geschleudert wurden. Dort, wo sie landeten, gab es keine Deckung. Im Augenwinkel bemerkte Tod die Mündung eines Maschinengewehrs aus dem Fenster schräg gegenüber blitzen. Die Zukunft der beiden Männer änderte sich schlagartig.

Tod sah nur eine Möglichkeit.

Er trat in einen Riss, tauchte neben Robert auf, umhüllte ihn mit seinem Mantel und zog ihn mit sich in den nächsten Riss.

Sie tauchten vor der Stadt wieder auf, wo sie vor weniger als zwei Stunden aus dem Lastwagen gestiegen waren.

„Alex!!!", brüllte Robert und wand sich aus Tods Armen. „Wo hast du Alex gelassen?! Ist er etwa noch da drin?!"

Tod nickte. Darüber, Roberts Freund zu retten, hatte er keine Sekunde nachgedacht. Es war schon regelwidrig, Robert aus diesem Gefecht geholt zu haben!

„Hol ihn da raus!! Du musst ihn retten, hörst du?!", befahl er, der Panik nahe.

Er tat Tod leid, weil ihn das so sehr berührte. Weil er sich so um seinen Freund sorgte. Eine Sorge, die Tod nicht teilte. Er war nur froh, dass Robert in Sicherheit war.

„Tod, du musst ihn retten! Geh und bring ihn her, wie du mich hergebracht hast! Sofort, hörst du?!", brüllte er ihn an, während Tod ihn mitleidig ansah.

„Das kann ich nicht, Robert ...", sagte er langsam, aber da packte sein Liebster ihn mit beiden Händen am Kragen und funkelte ihn gefährlich an: „Du wirst ihn retten! Alex war für mich wie ein Bruder, seitdem ich denken kann! Ich hab ihn wegen dir dort rein geführt und du bist es mir verdammt noch mal schuldig, ihn jetzt dort rauszuholen!!"

Roberts Blick war so voller Wut, sein Griff um Tods Mantelkragen so fest, dass er endlich verstand, was dieser Mann für seinen Liebsten bedeutete.

Einen Bruder hatte Tod nie gehabt, Inès dagegen schon. Und der hatte ihr ähnlich viel bedeutet, wie Alex es anscheinend für Robert tat. Familie war häufig ein Grund, aus dem Menschen ihr Leben opferten.

„Hol ihn her oder ich gehe selbst!", drohte Robert, so dass Tod nickte.

„Ich sehe, was ich für ihn tun kann", versprach er und legte seine Hände sanft an Roberts. „Aber ich kann dir nichts versprechen."

„Nutze alles, was in deiner Macht steht. Bitte, er soll nicht leiden."

Besänftigt, aber noch immer voller Sorge ließ Robert ihn los und trat einen Schritt zurück.

„Bitte, tu es für mich."

Tod nickte.

„In Ordnung. Für dich", versprach er und verschwand.

Unsichtbar für alle anderen tauchte er in der Straße wieder auf, aus der er Robert gerettet hatte. Alex lag schwer verwundet auf dem Boden in der Nähe des brennenden Autos. Tod trat zu ihm und besah sich seine Verletzungen. Er würde nicht sterben, aber er würde bleibende Schäden davontragen.

„Bobby!? Bobby, verdammte Scheiße, wo bist du?!", rief Alex voller Schmerzen nach seinem Freund.

Ein Bruder auf der einen, ein weiterer auf der anderen Seite. Was hatte Tod hier nur angerichtet?

Kraftlos zerrte der Soldat sich weiter, schleifte seine kaputten Beine über den Boden.

„Bobby!"

Er klang verzweifelt. Ihm schien Roberts Überleben mehr am Herzen zu liegen als sein eigenes. Zumindest darüber konnte Tod ihn beruhigen.

Er trat neben Alex und berührte ihn sacht an der Schulter, so dass er ihn sehen konnte.

Mit einem Schrei fuhr Alex herum und fummelte nach seiner Waffe.

„Ich tue dir nichts", versicherte Tod ihm schnell. „Ich wollte dir nur sagen, dass Robert in Sicherheit ist. Er ist draußen vor der Stadt. Ich habe ihn dorthin gebracht."

„Du ... was? Wer bist du?"

„Ich bin ... ein Freund von Robert", redete Tod sich heraus. „Du musst dich nicht mehr um ihn sorgen. Er sorgt sich allerdings um dich."

„Ich mich auch!", schrie Alex verzweifelt. „Scheiße, hilf mir! Ich muss hier weg, ehe die mich finden!"

„Keine Sorge, deine Zeit ist noch nicht gekommen", versicherte Tod.

Konnte er Alex einfach vor die Stadt bringen, wie er es mit Robert getan hatte? Nun hatte er sowieso schon in den Schicksalslauf eingegriffen. Er hatte Regeln verletzt. Er hatte einen Menschen gerettet, dem etwas völlig anderes bevorgestanden hätte.

Seufzend legte er die Hand an Alex' Arm und wollte einen Riss öffnen, doch es gelang ihm nicht.

War es sein eigenes, schlechtes Gewissen, das ihn davon abhielt? Oder hatte seine Regelverletzung dazu geführt, dass seine Kräfte bereits schwanden?

Er kannte dieses Phänomen. Er hatte schon einmal wegen Inès die Regeln verletzt und da ... Er seufzte. Doch diesmal war es lediglich eine Kleinigkeit gewesen!

„Hilf mir, aufzustehen!", bat Alex, aber Tod warf einen hoffnungslosen Blick auf Alex' zerschossene Beine. Mit denen würde er nirgends mehr hingehen. Nie wieder vermutlich.

„Hilf mir, verdammt! Du kannst mich doch nicht einfach hier liegen lassen! Wenn die kommen, bringen die mich um!"

Alex' Stimme wurde schriller, aber da hörte Tod schon die Schritte. Worte in einer fremden Sprache. Auch Alex nahm sie wahr und versteifte sich. Flehend richtete er seinen Blick auf Tod.

„Bitte, hilf mir! Wenn die mich finden, werden die mich umbringen!"

„Sie bringen dich nicht um", sagte Tod zurückhaltend.

Alex' Lebenserwartung war noch lang, diesen Tag heute würde er auf jeden Fall überstehen. Doch er konnte auch sehen, was ihm bevorstand. Und das war viel grausamer als der Tod.

„Woher willst du das wissen?!"

Der Soldat starrte ihn ungläubig an, aber Tod antwortete schlicht: „Ich weiß es eben. Sie töten dich nicht. Sie werden dich mitnehmen."

„Mitnehmen", hauchte Alex, während er begriff, was das bedeutete. „Die werden mich foltern und quälen! Die werden mich in eines dieser Lager bringen ... Scheiße, dann bring du mich um! Töte mich! Ich will das nicht! Töte mich! Bitte! Du kannst mich doch nicht hierlassen!"

Tod konnte. Er musste.

Doch dann erinnerte er sich an Roberts Hände um seinen Kragen, an dessen Angst um seinen Freund, um seinen Bruder.

Er hatte es Robert versprochen. Verdammt, er hatte es ihm versprochen!

„Ja, ich werde ..."

Tod blickte sich um. Am Anfang der Straße konnte er die ersten Männer erkennen, die auf sie zukamen. Die Zeit rann ihnen wie Staub durch die Finger und Alex wusste das ebenso.

„Bitte, Mann!" Alex umklammerte Tods Hand und blickte ihn voller Angst an. „Bitte, töte mich! Da drüben liegt meine Waffe! Die müsste genug Kugeln drin haben, damit du ..."

Tod warf einen kurzen Blick auf das Maschinengewehr, das mit verbogenem Lauf auf dem Boden lag. Er schüttelte den Kopf.

„Es funktioniert nicht mehr", sagte er tonlos.

„Dann meine Pistole! Sie ist ... sie ist ..."

Der Soldat fummelte an seiner schusssicheren Weste herum, konnte die Waffe aber nicht finden.

„So etwas brauche ich nicht", antwortete Tod.

Er fixierte Alex' Augen und fragte: „Bist du dir wirklich sicher, dass du nicht weiterleben willst?"

„Ja! Ja, verdammt! Ich will das nicht! Ich will nicht gefoltert werden und ... bring mich einfach um! Aber mach es schnell, bevor sie hier sind!", jammerte er, wobei die ersten Tränen über sein staubiges Gesicht liefen. „Mach schon! Nun mach schon!"

„Ich mach es nur, weil ich es Robert versprochen habe", sagte Tod und holte tief Luft.

Er hob die Hand.

Rufe in der anderen Sprache, Schritte, hastig näherkommende Schritte. Er blickte kurz auf und sah, wie drei von den Feinden das brennende Auto umrundeten.

„Mach jetzt!", brüllte Alex in Todesangst.

Und Tod tat es.

Mit einem Ruck löste er die Seele aus Alex' Körper und hielt sie weiß leuchtend in seiner Hand. Der Körper erschlaffte. Die Feinde wandten sich ab.

Doch noch während Tod die kleine, ängstliche Seelenkugel ansah, löste sie sich auf. Sie verpuffte einfach.

„Was hab ich getan?", flüsterte Tod ungläubig.

Er blickte auf. Aus seinem Inneren war sämtliches Gefühl verschwunden. Er spürte nicht, wo die nächste Seele sich aus ihrer sterblichen Hülle befreien würde. Er wusste nicht, wen er als nächstes abholen musste. In ihm herrschte eine fürchterliche Leere.

Nein.

Das durfte nicht sein! Nicht schon wieder!

Er erhob sich und sah sich um. In der Tür eines Hauses lag ein sterbender Soldat. Tod eilte zu ihm und kniete sich neben ihn.

„Hab keine Angst, mein Freund", sagte er sanft, da tat der Mann seinen letzten Atemzug und Tod hob die Hand über sein Gesicht, um die Seele aufzufangen.

Aber auch dieser kleine Funke verpuffte. Er löste sich einfach auf!

Nein.

Tod schloss die Augen und mit einem Mal verstummten alle Geräusche um ihn herum. Es flogen keine Kugeln mehr, niemand schrie oder wimmerte, der Wind flaute ab.

Er sah sich um.

Da war sie. Seine Freundin, das Leben.

Überirdisch schön kam sie mit ernstem Gesicht auf ihn zu, während er sich erhob.

„Ich habe dir gesagt, dass du dich von ihm fernhalten musst", begann sie tadelnd. „Und jetzt ist es wieder so weit. Du hast unrechtmäßig ein Leben genommen, dessen Zeit noch nicht abgelaufen war. Du bist deiner Pflichten entbunden, Tod."

„Aber er wollte sterben!", versuchte er sich zu rechtfertigen. Leben jedoch schüttelte den Kopf.

„Das ist nicht von Bedeutung. Dieser Mann hätte nicht sterben dürfen."

Seufzend senkte Tod den Blick.

„Ja", sagte er heiser. „Ich weiß."

„Du musst deine Tat sühnen, Tod. Du weißt, wie du es wiedergutmachen kannst. Nur so kannst du alles in seinen ursprünglichen Zustand zurückversetzen", erinnerte sie ihn unnachgiebig.

Tod nickte erneut, auch wenn es ihm unbeschreibliche Qualen bereitete.

„Lass es nicht wieder so weit kommen wie damals, Tod. Tu es schnell und rette meine kostbaren Seelen", bat sie mit weicher Stimme.

„Ja. Ich werde es tun", versprach er.

Es würde ihn umbringen. Erneut.

„Ich weiß das. Und ich danke dir dafür."

Leben trat zu ihm, legte die Hand sanft auf seine Schulter und gab ihm einen Kuss auf die Wange. Tod spürte ihn kaum.

„Eile dich. Jede Sekunde sterben Menschen und ihre Seelen lösen sich auf. Halte es auf", flüsterte sie.

Tod nickte, während er in den Staub vor seinen Schuhen starrte.

Er hatte es erneut getan. Er hatte aus dem letzten Mal nichts gelernt.

Sein Inneres schmerzte mehr, als er es sich hätte vorstellen können. Die Pein war unbeschreiblich, aber er wusste, dass es keinen anderen Weg gab. Wenn Robert jetzt starb, würde auch seine Seele sich auflösen. Die Seele, die Tod am meisten von allen liebte. Die er mehr liebte als sein eigenes Glück.

Er hob den Blick, aber Leben war bereits verschwunden. Trotzdem hatte sie die Zeit noch nicht wieder in Gang gesetzt, um so viele Seelen wie möglich zu retten.

Wie viele waren verpufft, seitdem er Alex' Leben genommen hatte? Es konnte sich nur um wenige Sekunden gehandelt haben. Er hatte vielleicht vierzig Seelen verloren. Vierzig Seelen, die Tod niemals mehr abholen würde. So viel Erfahrung, so viele Erinnerungen, so viel Liebe, einfach verloren. Weil er ... weil er seinem Liebsten hatte gefallen wollen.

Was war er für ein unfähiger Seelensammler! Er hatte es nicht verdient, diese Aufgabe zu erfüllen! Er nicht, der sich nun schon zum zweiten Mal dazu hatte hinreißen lassen!

Und zum zweiten Mal musste er tun, was er tun musste. Was Leben von ihm verlangte. Was das Universum von ihm verlangte.

Ein Opfer, das ihn auf den richtigen Weg zurückführte.

Die Zeit lief plötzlich weiter, der Kampflärm hob wieder an und Tod spürte ein Ziehen in seiner Brust.

Es gab nur eine einzige Seele, die er noch sehen konnte. Eine einzige Seele, die ihm erlaubt war, zu nehmen. Es war grausam. Und je länger er wartete, desto mehr Seelen verlor er.

Er versuchte, einen Riss in der Wirklichkeit zu öffnen, und diesmal gelang es ihm. Er trat zu Robert, der unruhig vor dem Lastwagen auf und ab ging, der ihn und seine Kameraden hierhergebracht hatte. Er stoppte, als er Tod sah, und trat mit hoffnungsvollem Blick auf ihn zu.

„Wo ist Alex? Hast du ihm geholfen? Lebt er?", wollte er sofort wissen, aber Tod schüttelte den Kopf.

„Nein. Ich habe ihm sein Leben genommen. Sie wollten ihn gefangen nehmen und da habe ich auf sein Verlangen ..."

Er konnte kaum sprechen. Seine letzten Worte waren heiser, aber Robert schien das nicht zu bemerken.

„Also ist er jetzt da drin?", hakte er nach und deutete mit einem traurigen Lächeln auf Tods Brust. „Wärmst du ihn?"

„Nein." Tods Stimme war nur noch ein tonloses Flüstern. „Ich habe ihn verloren. Ich hätte sein Leben nicht nehmen dürfen. Es war noch nicht an der Zeit für ihn."

„Was heißt verloren?"

Endlich begriff auch Robert, dass etwas schief gegangen war.

„Seine Seele hat sich aufgelöst. Es ist meine Strafe dafür, dass ich sein Leben unrechtmäßig beendet habe", erklärte Tod, der Robert nicht in die Augen sehen konnte.

Wie hätte er auch?! Er hatte so viel Schuld auf sich geladen!

„Das heißt, er ist verschwunden? Für immer?"

Robert starrte ihn ungläubig an.

„Ja, das heißt es. Und mit ihm viele andere. Ich kann ... ich kann sie nicht mehr aufnehmen. Nicht mehr festhalten. Sobald sie den Körper verlassen, lösen sie sich auf."

Tod fühlte sich so elend. Das war seine Schuld! Weil er sich immer wieder einmischen musste, wenn sein Geliebter auf dieser Erde wandelte!

„Sie lösen sich auf? Alle? Ist damit das Leben auf der Erde zu Ende?", fragte dieser fassungslos.

Darüber hätte Tod gelacht, wenn es ihm nicht so schlecht gegangen wäre.

„Nein. Nur die, die sterben. Wenn du jetzt sterben würdest, Liebster ..." Er räusperte sich, um den Satz vollenden zu können. „Dann würden wir uns niemals wiedersehen."

Nun sah er ihm doch in die Augen und ertrug die Liebe kaum, die darin stand. Diese wunderbare, kluge und gefühlvolle Seele, die in ihm Gefühle geweckt hatte, die er bis dahin nicht einmal gekannt hatte!

„Dann musst du mich beschützen", bat Robert mit vor Angst brechender Stimme, aber Tod schüttelte voller Pein den Kopf.

„Dazu ist es zu spät, mein Liebster. Ich habe die Regeln verletzt und muss dafür bezahlen."

„Wie?"

Das war die entscheidende Frage. Die Frage, vor der er sich gefürchtet hatte, seitdem er mit Leben gesprochen hatte.

„Ich muss dir dein Leben nehmen", brachte er gebeutelt hervor. Robert riss die Augen auf.

„Aber du sagtest, dann würde ich mich auflösen ..."

„Nein. Das ist die Abmachung. Ich nehme dein Leben vor der vereinbarten Zeit und du kannst ins Jenseits zurückkehren. Dafür erhalte ich meine Fähigkeiten zurück und der Lauf der Welt wird weitergehen. Ich werde die Seelen wieder abholen und nach Hause schicken können. Zum Preis deines irdischen Lebens."

Tod schluckte schwer.

„Es tut mir leid, dass ich mich nicht unter Kontrolle hatte, Liebster. Es tut mir so leid, dass du wieder für meine Unzulänglichkeit bezahlen musst!"

„Wieder?" Robert legte fragend den Kopf schief. „War es das, was das letzte Mal geschehen ist? Weshalb Leben wollte, dass du dich von mir fernhältst?"

Tod seufzte tief.

„Komm", sagte er. „Ich will das nicht hier besprechen."

Er hielt den Arm auf und als hätte er nie etwas anderes getan, drückte Robert sich an ihn. Einen Moment später zog Tod ihn durch einen Riss auf den Hügel zu dem knorrigen Baum, den sie bereits in der Nacht zuvor besucht hatten.

Unglaublich, dass das erst achtzehn Stunden her sein sollte! Er fühlte sich, als wäre er schon ewig mit Robert zusammen!

Er musterte ihn, den wundervollen Mann mit der schönen Seele, und dieser erwiderte den Blick. Einen Moment lang baute sich die Spannung spürbar zwischen ihnen auf, doch dann trat Robert aus Tods Umarmung und räusperte sich verlegen.

„Die Zeit läuft, du verlierst Seelen", sagte er und Tod nickte. Daran hatte er eine Sekunde lang nicht mehr gedacht.

„Erzählst du mir von damals? Kurz wenigstens?", bat Robert.

Tod wusste für einen Augenblick nicht, wo er anfangen sollte, doch dafür hatte er keine Zeit.

„Jemand wollte dir Gewalt antun", begann er deshalb schlicht. „Er hat dich angegriffen und dir weh getan. Ich kam gerade rechtzeitig, packte ihn und riss ihm die Seele heraus. Ich war so unendlich wütend ... Ich konnte nicht klar denken. Ich wollte dich vor ihm retten und das war es, was daraus geworden ist. Meine Fähigkeiten habe ich verloren und viele, viele Seelen haben sich aufgelöst. Wegen mir. Weil ich dich so sehr geliebt habe, dass ich diese Liebe über meine Aufgabe gestellt habe. Deshalb musste ich dein Leben nehmen, damit diese Liebe mich nicht noch einmal hindert."

Hätte er Tränen gehabt, hätte er geweint. Aber so sah Tod Robert nur reuig in die Augen.

„Und jetzt habe ich es wieder getan. Ich habe deine Belange über die der Welt gestellt. Meine Strafe ist dieselbe."

„Aber diesmal hast du nicht aus Wut gehandelt." Robert lächelte dünn. „Sondern weil du mir einen

Gefallen tun wolltest. Du hast aus Mitgefühl Alex'
Seele ...‟

Er stockte und schluckte schwer. Der Gedanke an
den Tod und die Nichtexistenz seines besten Freundes
schien ihm schwer zu schaffen zu machen.

„Verzeih mir, Robert‟, bat Tod leise.

„Sag nicht Robert zu mir‟, erwiderte der Mann heiser. „Sag Liebster. Das ... das mag ich sehr. Ich will
nichts anderes für dich sein.‟

„Du wirst niemals etwas anderes für mich sein,
mein Liebster‟, versprach Tod und hob die Hand, um,
so sanft er konnte, über Roberts Wange zu streichen.

„Komm schon, bring es zu Ende. Dir gehen in jeder
Sekunde Seelen durch die Lappen‟, drängte Robert ihn,
so dass Tod ihn liebevoll musterte.

„Dieses eine Mal bin ich eigensüchtig genug, diese
Seelen gegen Momente mit dir zu tauschen‟, gestand er.
„Das letzte Mal habe ich beinahe eine Woche ge-
braucht, bis ich so weit war, meine Strafe anzunehmen.
Eine Woche. Das waren so viele Seelen, die einsam
sterben mussten, weil ich nicht da war. Das quält mich
noch heute.‟

„Dann mach es nicht schlimmer, als es schon ist‟,
sagte Robert ernst und trat auf ihn zu, so dass sich ihre
Körper berührten. „Es wird nicht besser, wenn man auf
den Tod warten muss.‟

Seine Finger gruben sich hilfesuchend in Tods Rücken und er legte ebenso die Arme um ihn.

„Wir werden uns wiedersehen, mein Liebster. Erst
nach jedem deiner Leben, für die du dich entscheiden
wirst. Und irgendwann, wenn das Leben auf dieser Erde
vollständig erlischt, haben wir eine Chance, wirklich zusammen zu sein. Wenn mich hier keine Verpflichtungen

mehr erwarten, kehre auch ich nach Hause. Dorthin, wo dann auch du sein wirst."

„Und das ist dann für die Ewigkeit?", fragte Robert hoffnungsvoll. „Dann können wir für immer ...?"

„Für immer und noch ein bisschen länger."

Tod lächelte traurig.

Er hatte einen Kloß im Hals. So oft tröstete er Seelen, wenn er sie einsammelte. Doch heute hatte er das Bedürfnis, selbst getröstet zu werden. Er hätte gerne geweint.

Robert schien es ihm anzusehen, denn er hob eine Hand und legte sie an Tods Wange. Er schmiegte sich Trost suchend hinein.

„Ich freue mich darauf, Tod", sagte er. „Aber jetzt zögere es nicht länger heraus. Du musst die Welt retten."

Tod nickte. Das wusste er. Trotzdem blieb in ihm ein kleiner Rest der Angst, dass auch Roberts Seele sich auflösen würde, obwohl die Abmachung anders lautete. Einfach, um zu verhindern, dass Tod bei Roberts nächstem irdischen Leben denselben Fehler erneut beging.

Wenn sich Roberts Seele gleich in seiner Hand auflösen würde, würde er diese Welt in Schutt und Asche legen. Darüber war er sich völlig klar. Und er hoffte, dass Leben sich darüber ebenso klar war.

„Liebster ...", begann er ein wenig hilflos.

Robert nickte sacht, dass er weitersprechen sollte.

„Darf ich mir in diesem Leben wenigstens einen Kuss von dir stehlen?"

Über Roberts angespannte Züge huschte ein Lächeln.

„Ja, verdammt! Darauf warte ich schon eine Ewigkeit!"

Tod lächelte ebenso und beugte sich vorsichtig zu ihm hinab, um seine Lippen behutsam zu küssen.

Sofort stellte sich das vertraute Gefühl ein, ihn in und auswendig zu kennen. Den wunderbaren Menschen, der seinen eigenen Tod nicht einmal in Frage stellte. Der sein Leben mit Vergnügen gab, um Tods Lebenszweck zu retten. Um die Welt zu retten.

Damals war es genauso gewesen. Inès hatte ihn überredet, ihre Seele zu nehmen, weil sie nicht schuld daran sein wollte, dass Seelen verloren gingen.

Er liebte einfach die reinste Seele, die diese Welt je betreten hatte!

Er genoss den Kuss, liebkoste erst Roberts Lippen und begegnete schließlich seiner Zunge. Roberts Erwiderung auf diese Zärtlichkeit war stürmisch, so wie er ihn kannte.

Das machte es nicht besser. Allein dieser Kuss wollte ihn schon dazu bringen, Roberts Leben zu verschonen und lieber noch Jahre mit ihm und diesen wunderbaren Küssen zu verbringen. Er musste es beenden.

Er musste Lebewohl sagen.

Außer Atem ließ Tod von ihm ab und sah ihm noch einmal voller Bedauern in die Augen. Er hoffte, Robert wusste um seine unendliche und unstillbare Liebe, denn er konnte es nicht mehr sagen. Seine Stimme verweigerte ihm den Dienst. Aber Robert wusste es, denn er lächelte glücklich.

Tod hob die Hand vor sein Gesicht und löste die Seele so behutsam, wie er konnte. Die kleine Seelenkugel verließ den Körper, der im selben Moment erschlaffte. Tod hielt ihn in seinem Arm.

„Verzeih mir", brachte er gepeinigt hervor und hob die Hand gen Himmel.

Er pustete sacht und spürte noch eine letzte Welle der Liebe, die die kleine, tiefrot pulsierende Seelenkugel ihm schickte, ehe sie sich auf den Weg ins Jenseits machte.

Tod sah ihr nach, aber vor dem hellen Himmel konnte er ihr Licht nicht lange verfolgen. Zumindest spürte er ihre Anwesenheit, bis sie das Tor nach Anderswo durchschritten hatte, das ihm verwehrt blieb.

Sobald ihre Präsenz verschwand, kniete er sich auf den Hügel und hielt die leblose Hülle seines Liebsten noch für eine Weile in den Armen.

Und obwohl die vielen Seelen, die abgeholt werden mussten, auf einmal wieder nach ihm riefen, war er selten zuvor so einsam gewesen.

In diesem Moment wusste er ganz sicher, dass er ab jetzt Tag für Tag und Jahrhundert für Jahrhundert darauf warten würde, dass diese Welt endlich ihr Ende fand. Damit er wieder bei seinem Liebsten sein konnte.

Bei seiner wunderbaren, geliebten, menschlichen Seele.

Ende.

Die Autorin

Nadine Schwager wurde 1987 in Gera geboren und zog später mit ihrer Familie nach Nürnberg. Nach dem Abitur studierte sie in Münster und arbeitet nun als Beamtin in Franken.
Sie ist verheiratet und Mutter von Zwillingen, schreibt aber trotzdem in jeder freien Minute. Zuerst verfasste sie Fanfictions, doch in ihren eigenen Geschichten widmet sie sich gerne den großen (und kleinen) Liebesgeschichten.
Ihr Debütroman „Unerreichbar nah: Roundabout Love" erschien 2024 im Himmelstürmer Verlag.

Auf Social Media ist sie zu finden auf:
Instagram/X (ehemals Twitter)/Threads: @zwillingsmami87